沼澤王的女兒

The Marsh King's Daughter

Karen Dionne

凱倫・狄昂尼——著　王欣欣——譯

獻給羅傑，因為一切

繁衍招致衰敗。下一代興起，前一代就要走下坡了。後代將會是我們最危險的敵人，因為我們毫無防備。他們會活下來，從我們漸漸虛弱的手裡將權力取走。

——卡爾・古斯塔夫・榮格

鸛的巢高高築在維京人城堡的屋頂上，從這兒能看見一個小湖，湖邊綠草青青，有蘆葦，還倒著一截赤楊樹。湖上有三隻天鵝，拍著翅膀，左顧右盼。

其中一隻脫下羽衣，鸛鳥認出她是埃及公主。公主坐在那裡，只披著一頭烏黑的長髮，什麼也沒穿。鸛鳥聽見她叫另外兩隻天鵝好好看顧羽衣，她看見湖裡有花，要潛水採花。

兩隻天鵝點點頭，卻叼起羽衣飛走，還大喊：「快潛進去吧！妳再也無法穿羽衣飛翔，再也看不見埃及了。妳就永遠留在沼澤，留在這個荒涼的地方吧。」說著，她們將羽衣咬成千百碎片，像雪花飄落，然後兩個狡猾的公主就飛走了。

留在原處的公主流淚痛哭，眼淚沾溼一截赤楊木。其實那赤楊不是木頭，而是沼澤王化身的，他是這片沼澤區的主宰。那截樹木漸漸變圓，再也不像樹，長長的樹枝像是從樹上長出的手。

可憐的孩子嚇壞了，起身想跑，偏偏這片綠地又溼又黏，一踩就下陷，赤楊木又緊追在後。只見泥地上冒出黑色的大泡泡，公主就此消失無蹤。

——漢斯・克里斯蒂安・安徒生，《沼澤王的女兒》

一八七二年由H・B・鮑爾夫人英譯

赫蓮娜

一說我媽的名字，你就知道她是誰了。我媽很有名，不過她並不想出名，沒有人想用那種方式出名……就像潔西・杜加、阿曼達・貝瑞和伊莉莎白・斯馬特[1]那樣。不過這些人都不是我媽。

我說了你就知道我媽是誰，然後會納悶一下，好奇她後來上哪兒去了（因為多年下來，關心媽的人早都不在了），還有她失蹤的時候不是懷了個女兒？小女孩後來怎樣了？

我能告訴你的是，十二歲那年，我和二十八歲的媽媽重返社會，離開囚禁她的人，以及我生長的地方，報紙說那是密西根上半島中部一間沼澤環繞的舊農舍。我之所以能認字，靠的是一疊五〇年代的《國家地理雜誌》，和一本發黃的《羅伯特・佛洛斯特詩選》。我沒上過學，沒騎過腳踏車，不知道有電和自來水。整整十二年間，我說話的對象只有媽媽和爸爸。在脫離囚徒身分之前，我不知道自己是囚徒。

我能告訴你的是，媽媽兩年前過世了。媒體報導過，但你可能沒注意，也許那陣子有更重要的新聞。我可以告訴你一些報紙沒寫的事：她始終沒能從囚禁事件中復原；她不漂亮，不擅表達，不是挺身發言的那塊料；我懦弱的母親不想引人注意，沒簽約寫書，也沒上《時代雜誌》封面。我媽一受注目就枯萎，像經霜的竹芋葉。

我不會告訴你我媽的名字，因為這不是她的故事，是我的。

譯注

1 Jaycee Dugard、Amanda Berry、Elizabeth Smart這三個女孩都曾被人擄走囚禁。

1

「在這裡等我。」三歲女兒一聽，竟沮喪得把裝著溫橙汁的吸管杯扔進兒童座椅和車門之間。我從卡車窗外伸手進去撈出杯子：「媽咪馬上回來。」

瑪莉像巴夫洛夫的狗，本能地接過杯子，下嘴唇嘟起，眼淚泉湧。我懂。她累了，我也是。

「呃—呃—呃。」我一轉身，瑪莉就咕噥著拱起背，想掙脫安全帶，彷彿那是精神病患的約束衣。

「乖乖待著，我馬上回來。」我瞇起眼睛，搖搖手指，讓她知道我是認真的，接著繞到卡車後面，朝正在萬錦超市後門卸貨區堆箱子的傑森（我想他應該是叫這名字）揮了揮手，放下卡車的後擋板，把我自己的頭兩箱貨搬下來。

「嗨，佩拉提爾太太！」傑森也朝我揮手，比我熱情兩倍，我只好再揮一次，以免失禮。叫他喊我赫蓮娜，他始終不改，我也沒轍。

卡車裡有**砰**—**砰**—**砰**的聲音，是瑪莉拿水果杯敲窗框。杯子大概空了。我用掌心敲車板回應，**砰**—**砰**—**砰**。瑪莉嚇一跳，扭身往後看，幼細的頭髮甩在臉上，好像玉米鬚。我給她一個「若知好歹就住手」的生氣表情，扛起紙箱。我和史蒂芬都是棕髮棕眼，五歲的大女兒艾莉絲也是，瑪莉的髮色讓史蒂芬大為驚訝，所以我告訴他我媽的頭髮是金色的，他只知道這麼多。

一共有四家店要送貨，萬錦超市是倒數第二家，也是我果醬和果凍賣得最好的零售點，銷量僅次於網路訂單。因為是本地生產的東西，所以在萬錦超市買東西的觀光客很喜歡，聽說有很多人一買就是好幾罐，帶回去送人或當成旅行的紀念品。我在罐蓋上用棉繩綁了格子布，布的顏色依內容物而有所不同：覆盆子醬是紅的，接骨木果醬是紫的，藍莓醬是藍的，香蒲藍莓果凍是綠的，蒲公英醬是黃的，野蘋果與野櫻的綜合果醬是粉紅色的，以此類推。我覺得罐子上蓋塊布很蠢，但大家好像挺喜歡。在密西根上半島這種經濟不景氣的地方，日子要想過得去，就得賣人家想買的東西。這不是火箭科學，很好懂。

能用的野生食材很多，料理的方式也很多，但目前我專做果醬和果凍。每種生意都需要主打商品。每個標籤上都有我手繪的香蒲商標。我很確定把香蒲根磨成泥加進藍莓果凍裡的人只有我，我加得不多，只是想把「香蒲」放在名稱裡而已。小時候我最喜歡的蔬菜就是嫩香蒲尖，現在依然不變。每年春天，我都帶著防水靴和柳籃，開小皮卡去我們家南邊的沼澤採香蒲。史蒂芬和兩個女兒不碰這道菜，但他不介意我做，只要分量別做太多，自己吃就好。你把香蒲尖放進鹽水煮幾分鐘，就會得到一盤最好吃的蔬菜，它的口感有點乾，有點粉粉的，所以我現在都配奶油吃，當然，小時候的我沒嚐過奶油的滋味。

我用的藍莓是在南邊那片砍伐過的林地上採的，每年數量落差很大。藍莓喜歡足夠的日照，以前印地安人會燒掉林間的矮樹叢來提高產量，我承認，這念頭我也有。藍莓季節在那裡出沒的不只我一個，所以伐木古徑附近的藍莓很快就摘光。但我不介意往沒路的地方走，而且從不迷路。有一次我走得太遠，四下荒涼，自然資源局的直升機看見，還下來關切，我一再保證沒事，他們才放心離開。

「天氣夠熱的，是吧？」傑森接過我肩上紙箱時這麼問。

我咕噥一聲，算是回答。從前的我完全不知道這種問題要怎麼應對，我對天氣的看法又不能改變天氣，何必關心？如今我懂了，這種問題不回答也沒關係，它是史蒂芬所謂的「閒聊」，為交談而交談，沒話找話，不是要溝通什麼重要事項，常在不夠熟的兩人之間發生。只不過，我到現在還是不明白，這跟沉默比起來，有什麼好。

傑森笑得好像這是他一整天聽到最好笑的笑話，史蒂芬堅稱這也是一種得體的反應，即使我沒說什麼好笑的話，也無所謂。離開沼澤以後，與人交談對我來說真的很困難。見到別人要握手。不要挖鼻孔。要排隊。不能搶先，要等輪到你。教室裡有問題要先舉手，等老師叫你才能問。不要在別人面前打嗝或放屁。在別人家作客，使用廁所要先問主人。上完廁所要洗手和沖馬桶。很多事所有人都知道該怎麼做，只有我不知道，這種情況發生過無數次。這些規則到底是誰訂的？為什麼我非遵守不可？如果不遵守，會有什麼後果呢？

我把第二個箱子留在卸貨區，回去搬第三箱。三箱，每箱二十四罐，總共七十二罐，每兩週送貨一次，六月、七月、八月。每一箱我賺五十九點八八美金，也就是說，整個夏天可以賺一千多。單單在萬錦超市就這麼多，真不錯。

送貨時把瑪莉一個人留在車上，我知道別人知道了會怎麼想，尤其車窗還是全開的。但我不會把窗關上，雖然車子停在松樹下，又有湖上吹來的風，可是整天氣溫都將近華氏九十度，我知道窗戶緊閉的車很快就會變成烤爐。

我也知道車窗開著會讓壞人有機可乘，若有人想抓走瑪莉，非常容易。但我多年前就下定決心，不要讓孩子怕這種事，不要讓她們擔心我媽的事會在她們身上重演。

關於這個，我只想再說一句話，就是：若有人對我養女兒的方式有意見，那他一定沒在密西根上半島生活過。就這樣。

我回到卡車旁，沒看見瑪莉這個脫逃專家。我從乘客座的窗前往裡望，瑪莉坐在地上，拿座位下找到的糖果包裝紙當口香糖嚼。我打開車門，從她嘴裡挖出那張玻璃紙，塞進口袋，然後在牛仔褲上擦擦手，再把她抱回座位上扣好。一隻蝴蝶飛進車窗，停在儀表板上，那裡不知沾了什麼東西，黏黏的。瑪莉拍手笑，我也笑了，這時候很難不笑，瑪莉的笑太可愛了，是那種很洪亮的、不自覺的哈哈大笑。有些YouTube影片裡的寶寶笑得停不下來，而且是為了一點也不好笑的東西，比如說跳來跳去的狗啦，或是有人把紙撕成一條一條，瑪莉的笑就像那樣。瑪莉是金色的陽光，是陽光下粼粼的流水，是木鴨在空中的輕啼。

我趕走蝴蝶，發動引擎。艾莉絲的校車四點四十五分會送她到家，史蒂芬通常會在我送貨時照顧孩子，可是今天他要拿一組新的燈塔照片給畫廊老板看，所以晚上才會回來。那老板在蘇聖瑪麗賣他的照片。蘇聖瑪麗是上半島的第二大城，但這沒什麼，它在加拿大那邊的姐妹城比它大得多。聖瑪麗河兩岸的居民都暱稱自己的城市為「蘇」，世界各地的人都來這裡，看運鐵礦的船過蘇水閘，對觀光客很有吸引力。

我把最後一箱果醬送進蘇必略湖瑪瑙與歷史博物館的禮品販賣部，然後開車去湖邊。瑪莉看見湖水，就開始揮動雙臂，發出「哇—哇，哇—哇」的聲音。我知道她這年紀應該能說完整的句子。我們帶她去馬凱特大學看兒童發展的專家，每個月一次，一年了，目前為止她只能做到這樣。

接下來一個小時，我們待在湖邊。瑪莉坐在我身旁溫暖的碎石上，咬一塊我用湖水洗過的漂流木，來緩解長臼齒的不適。空氣悶熱凝滯，湖水平靜，波浪溫柔得像浴缸裡的水。蘇必略湖在五大湖中最大最深，所以湖水向來不暖，可是像今天這種天氣，誰想要水暖？

我向後仰，用手肘撐著身子，石頭暖暖的。今天真熱，真不敢相信兩週前我和史蒂芬帶女兒來看流星雨的時候還需要睡袋和外套。史蒂芬看見我把這些東西放進車裡，覺得很誇張，他不知道太陽下山之後湖邊會有多冷。我們四個人擠在一個雙人睡袋裡，躺在沙子上看天空。艾莉絲數了二十三顆流星，每一顆許一個願。瑪莉大半時間都在打盹。兩週以後我們還要來看北極光。

我坐直身子，看了看錶。直到現在我還是覺得守時很難。像我這種在大自然裡成長的人，什麼時候做什麼事全看狀況，不靠時鐘。我們從來沒有時鐘，沒那個必要。我們跟蟲鳥一樣順應環境節奏。我的記憶是跟季節綁在一起的。哪件事是在幾歲時發生的我不一定記得，卻很清楚當時是什麼季節。

現在我知道了，對大多數人來說，新的一年是從一月一日開始。但在沼澤，一月並不特別，和十二月、二月或三月也沒有特別的分界點。我們的一年始於春天，始於沼澤金盞花開的第一天。沼澤金盞花是巨型灌木，直徑超過零點五公尺，每株都開幾百朵一吋寬的鮮亮黃花。春天還有其他花，像是藍旗鳶尾花和各種草花，但是沼澤金盞花開得最盛，開成一片驚人的黃毯，誰也比不過它。每年我爸都會穿防水靴去沼澤挖一株回來，用盛了水的鍍鋅盆子裝著，放在後廊上。那盆花好亮好亮，彷彿爸爸帶回來給我們的是太陽。

以前我好希望我的名字能叫金盞花，可是沒辦法，我叫赫蓮娜，而且老是得糾正人家的發音。我的名字和其他很多事物一樣，都是我爸選的。

從天色看來，下午過了一半，我該走了。我看手錶才赫然發現腦子裡的時鐘跟錶上的時間不符，連忙抱起瑪莉，拎著涼鞋回到車上。給瑪莉綁安全帶的時候，她大哭大叫。我不是沒有同情心，我也想待久一點。我急忙坐上駕駛座，轉鑰匙發動引擎。儀表板上的時鐘顯示四點三十七分，可能還來得及，時間很緊湊。

我把車開出停車場，開上七十七號公路往南走，鼓起最大的膽子，盡可能快。這一帶警車不多，可是負責巡邏的警察除了開交通罰單以外沒什麼事好做。現在的狀況真諷刺，加速是怕遲到，超速被警車攔下卻會讓我遲到更久。

瑪莉撒開來鬧了，踢來踢去，沙子飛得車裡到處都是，吸管杯撞上擋風玻璃，鼻涕也流出來。金盞花·佩拉提爾小姐非常不開心，此時此刻，我也一樣。

我把收音機頻道調到馬凱特北密西根大學的公共廣播電臺，希望音樂能轉移她的注意力……或是蓋過她的聲音。我不是古典音樂迷，但這是唯一收訊清楚的頻道。

可是收音機傳來的不是音樂，而是警訊：「……逃犯……誘拐兒童……馬凱特……」

我大喊：「安靜。」調高音量。

「西尼國家野生動物保護區……持有武器十分危險……不要靠近……」起初我只聽到這些。

我需要聽清楚，保護區離我家不到五十公里。「瑪莉，不要吵！」

瑪莉眨眨眼睛安靜下來。

收音機又說：「州警再次通報，一名因誘拐兒童、強姦與謀殺判處無期徒刑不得假釋的囚犯從密西根馬凱特最高安全級別的監獄逃逸。警方相信，該逃犯在移監過程中殺死兩名警衛，逃進了二十八號公路南邊的西尼國家野生動物保護區。聽眾須知該逃犯持有武器十分危險，**不要**……再次強調，**不要靠近**。看見可疑人事物，請立刻報警。該逃犯名叫雅各·霍布魯克，曾誘拐少女並將其囚禁長達十二年，惡名遠播全國……」

我的心臟停止跳動，眼前一片空白，無法呼吸。全身血液一股腦湧進耳朵，什麼都聽不見了。我放慢車速，小心翼翼停到路肩，用顫抖的手關掉收音機。

雅各·霍布魯克逃獄。他是沼澤王，也是我父親。

害他坐牢的人就是我。

2

我將車猛然開回公路，車輪揚起許多碎石子。現在就算有警察，我也不在乎超速了。我得回家，得盯緊兩個女兒，確保她們跟我在一起，安然無恙。依照新聞快報的說法，我爸去的不是我家，而是野生動物保護區，但我不信。我認識的那個雅各·霍布魯克不會這麼好捉摸。多少錢我都敢跟你對賭，搜索隊不出三公里就會跟丟，我爸能像幽靈似的穿越沼澤，不留線索，除非故意。既然他讓那些找他的人認為他在野生動物保護區，他就絕對不在那裡，而在沼澤。

我緊握方向盤，腦中浮現艾莉絲下校車時我爸埋伏林間的樣子，油門踩得更深了。我彷彿看見校車一走他就跳出來抓她，跟從前我上完廁所他跳出來嚇我一樣。其實我沒道理擔心艾莉絲出事，新聞快報說，我爸是在四點到四點十五分之間逃獄的，現在才四點四十五分，他不可能徒步在半小時內走五十公里。只是這絲毫無法消滅我的恐懼。

我有十五年沒跟爸爸說話了。我受不了人家只關注我的過去，所以在十八歲那年改了姓氏；他的爸媽八年前過世，把房子留給我；我用繼承來的錢將他生長的地方夷為平地，放上雙併式活動房屋；我跟丈夫及兩個女兒住在這裡；我有女兒，他有兩個外孫女；這些事，他可能都不知道。

但也有可能他知道。今天以後，一切都有可能。因為他今天逃獄了。

我遲了一分鐘，絕對沒超過兩分鐘。我載著仍在尖叫的瑪莉，緊跟在艾莉絲的校車後面，超不過去。瑪莉越鬧越兇，但可能早就忘了最初為什麼鬧。校車伸出停車指示牌，還閃紅燈，所以就算公路上沒別的車，而且接送的是我女兒，我還是不能繞過校車開進自家車道，好像我會不小心撞到自家的孩子似的。

艾莉絲下車了。看她無精打采走路的樣子，一定是以為我又忘了回家等她。「瑪莉妳看，」我指指窗外，「到家了，姊姊在那邊。噓。馬上就到了。」

瑪莉順著我手指看過去，一看見姊姊，立刻停止哭鬧，打個嗝，笑了。「艾莉絲！」她喊艾莉絲的名字特別清楚，既不會說成「阿利斯」，也不會說成「艾莉詩」，會非常準確地說出「艾莉絲」。真神奇。

終於，校車司機認為艾莉絲走得離公路夠遠了，關掉警示燈，關上車門。校車一動，我立刻轉進我們家的車道，艾莉絲肩膀挺了起來，揮手，笑顏逐開。媽咪回來了，她的世界重回正軌。要是我的世界也能重回正軌，該有多好。

我關掉引擎，繞到乘客座那邊幫瑪莉穿涼鞋。她兩腳一落地，就朝家門跑去。

「媽咪！」艾莉絲跑過來抱住我的腿。「我還以為妳不在家。」她不是要怪我，只是陳述事實。這不是我第一次讓女兒失望。真希望能保證這是最後一次。

「沒關係。」我捏捏她肩膀，拍拍她的頭。史蒂芬總嫌我給孩子的擁抱太少，但身體接觸對我來說是難事。我和媽媽重返社會之後，法院為我指派一位心理醫生，她說我有信任問題，要我做信任練習，像是閉上眼睛交叉雙臂往後倒，後面沒有任何東西可以靠，唯一能靠的是她的承諾，她說她會接住我。我不肯照做，她說我在鬧脾氣。事實上我沒有信任問題，只是覺得那個練習很蠢。

艾莉絲放開我，跟在妹妹後面跑進家門。我們家不鎖門，從來不鎖。有些本州南部的人在湖邊峭壁上建夏日別墅，他們會鎖門封窗，其他人不會。小偷若要在四下無人、位置偏僻又放滿昂貴電器的大豪宅，和公路邊上的活動房屋之間選一處下手，誰都知道要選哪一間。

但現在我鎖上大門，去旁邊院子確認藍波有足夠的食物和水。我們給牠在兩棵短葉松之間拉了條繩子，藍波看見我就沿著繩邊跑過來搖尾巴。牠沒叫，因為我教會牠不叫。藍波是普羅特獵犬，毛色黑棕相間，垂耳，尾巴像鞭子。我從前常帶藍波跟兩三個帶狗的獵人一起去獵熊，年年秋天都去，可是兩年前有隻熊跑進我們後院，藍波決定跟牠單挑，二十公斤的狗根本不是兩百公斤黑熊的對手，無論那隻狗想法如何，都無濟於事。大多數的人一眼看不出藍波只有三條腿，可是我不會讓瘸了一腿的牠在野地行走。自從去年冬天他開始跑出去追鹿，我們就只好綁住牠。在這一帶，騷擾鹿群的狗會聲名狼藉，被人當場射死。

艾莉絲在廚房喊：「有沒有餅乾？」她妹妹滿地找餅乾屑的時候，她挺直背交疊雙手耐心地等。艾莉絲的老師一定很愛她，等將來遇上瑪莉就頭痛了。我常覺得神奇，同一對父母怎麼會生出這麼不一樣的小孩。如果瑪莉是火，艾莉絲就是水。艾莉絲是跟隨者而不是領導者，是個文靜甚至過於敏感的小孩，愛讀書不愛跑跳，跟我一樣鍾愛自己幻想出來的朋友。即便是再小的責備，她都會認真。剛才讓她驚慌，我很懊惱。這件事心胸寬大的艾莉絲肯定早已原諒並且遺忘，我卻沒有，我從不遺忘。

我去儲藏室，從頂端架子拿下一包餅乾，我那個小維京強盜總有一天會想辦法往上爬，而順從者艾莉絲連想都不會想。我在盤子裡放上四片餅乾，再倒兩杯牛奶，讓她們自己吃。我去浴室，打開水龍頭，捧水洗臉。鏡中人的表情太糟了，我不能慌。史蒂芬一回來，我就要坦白一切，可是現在不能讓女兒察覺任何不對勁。

她們吃完牛奶餅乾就被我送進房間。我要看新聞，不想讓她們在旁邊聽。瑪莉還小，聽不懂「逃獄」、「追捕」、和「持有武器」這些關鍵字，但艾莉絲有可能懂。

ＣＮＮ正在播直升機飛過樹林上方的畫面，我們離搜索區好近，走出大門站在前廊就能看見電視裡那架直升機。螢幕下方有跑馬燈，是州警發布的警報，叫大家別出門。電視上還有遇害警衛的照片、空蕩蕩的囚車，以及喪家的訪談。還有我爸的近照，看得出獄中生活確實不易。我媽的照片也出現了，有小時候的，也有後來那個雙頰凹陷的婦人。然後是我們老家小木屋的照片，我十二歲時的照片。赫蓮娜．佩勒提爾還沒出現，時間問題。

走廊響起艾莉絲和瑪莉啪嗒啪嗒的腳步聲，我關掉電視機。

艾莉絲說：「我們想在外面玩。」

「面，」瑪莉胡亂重述姊姊的話，「外。」

我想了想。沒道理把她們關在家裡，遊戲區有兩公尺高的鐵鍊圍欄，而且我從廚房窗戶能看見整塊區域。那個圍欄是黑熊事件之後史蒂芬裝的，他裝好的時候說：「小孩在裡面，動物在外面。」滿意地在褲子上拍掉手上的灰，好像那些木樁是他豎的，好像保護孩子就這麼簡單。

「好，」我說，「可是只能玩幾分鐘。」

我打開後門，放她們出去，然後從餐櫃拿出一盒起司通心粉，又從冰箱拿出一顆生菜和一條黃瓜。史蒂芬一小時前傳簡訊說會晚點回來，在路上隨便吃，所以今晚小孩吃起司通心粉，我吃沙拉。我實在不愛做飯。別人可能會覺得奇怪，不愛做飯的人怎麼會賣自製果醬？因為，人只能善加運用手邊可用的東西，我們這片山脊就長藍莓和草莓，所以我會做果凍和果醬，如此而已。需要冰釣或剝水狸皮之類能力的工作太少了。我對做飯的感覺說是恨都不為過，就像此刻我仍然可以聽見爸爸柔聲斥責：「赫蓮娜，『恨』這個字很重。」

我燒開一鍋鹽水，把通心粉倒進鍋裡，走到窗邊看孩子。遊樂區裡大量的芭比娃娃、彩虹小馬和迪士尼公主讓我想吐。艾莉絲和瑪莉想要什麼史蒂芬都給，怎麼能指望她們發展出耐心和自制力？我小時候，連球都沒有，玩具統統自己做。把馬尾草拆散再組回去就是我的益智遊戲，跟其他幼兒的拼圖玩具一樣有教育意義。還有，每次吃完香蒲嫩穗，盤子裡都會剩下一堆東西，我媽覺得像織毛衣的塑膠棒針，我卻覺得像劍。我會把它們插在後門外面，當堡壘的柵欄，讓松果戰士英勇作戰。

超商小報還會報導我的時候，大家常問我，進入文明世界後，覺得最神奇最想不到的是什麼。好像他們的世界比我的好很多，或真的有多文明。我很容易就能舉出充分理由反駁他們用「文明」來形容我十二歲時發現的這個世界：戰爭、污染、犯罪、飢餓的孩童、種族仇恨、種族暴力……這只是起個頭，真要一一列舉，理由可多了。他們問我，是網際網路？（當時我聽不懂）速食？（很容易習慣）飛機？（拜託，我對五〇年代的科學瞭若指掌，再說，大家真以為我們的小屋上空從來沒有飛機經過？還是以為我們看見飛機會當它是銀色巨鳥？）太空旅行？（我承認我對這個還是不太行，十二個人登陸月球的說法，即使看了影片，我依然難以置信。）

我一直想反問，你能分辨一般雜草、燈心草和莎草的差別嗎？你知道哪種野生植物安全可吃，怎麼料理？你能一槍射進鹿肩後那片棕色的毛，讓牠原地倒下，免得接下來花一整天時間去追？你能設陷阱抓兔子？你能在抓到兔子之後剝皮清理？你能直接用火把兔肉烤得內熟外焦脆？還有，要是沒有火柴，你能升火嗎？

我學習速度很快，沒花多久時間，就發現大多數人都嚴重低估我會的那些本事。老實說，他們的世界有很多神奇的科技，室內水管鐵定名列前茅。每次洗碗或幫孩子洗澡，我都愛把手放在水龍頭下面沖。當然會趁史蒂芬不在的時候。像他這樣的男人不多，能夠忍受我採集食物時獨自露宿，還去獵熊，吃香蒲。我不會去挑戰他的底限。

老實說，跟媽媽回到社會之後，最讓我驚奇的是電力。現在想想，我們那些年沒有電，居然也能過日子，真是太不容易了。我看大家一派自然地給平板電腦和手機充電、用烤箱烤麵包、微波爆米花、看電視、到深夜還能看電子書，這些事直到現在還是給我一種神奇的感覺。沒有電要怎麼活，這些從小就有電可用的人想都沒想過，只有在暴風雨停電的時候，才會找手電筒和蠟燭。

想像一下這種人生，沒有電力，沒有小家電，沒有冰箱，沒有洗衣機和烘衣機，沒有電動工具。天亮了，就起床；天黑了，就睡覺。夏季白天有十六小時，冬季八小時。有了電，我們就能聽音樂、吹風扇、讓屋裡最冷的角落暖起來、抽沼澤的水用。沒有電視和電腦我無所謂，放棄手機也可以，只有一樣東西我現在無法割捨，就是電。

遊戲區傳來尖叫，我伸長脖子看了看。光憑叫聲我有時無法辨別事態嚴重程度。真正重大的緊急事件是孩子大量失血，或圍欄邊出現黑熊。小事就是艾莉絲拚命揮手，像吃了老鼠藥似的慘叫，而瑪莉拍手笑說：「蜜蜂！蜜蜂！」這個詞她也說得沒問題。

我知道，一般人很難相信像我這樣在荒地上活著長大的女人竟然會生出怕蟲子的女兒，但事實就是如此。我已經放棄帶艾莉絲去野外，她只會嫌髒嫌臭。瑪莉就不會，至少目前不會。做父母不應該偏心，但有時候真的很難。

我在窗邊一直站到蜜蜂明智地退開為止，兩個女孩平靜下來。這兩個女孩膚色一白一深，她們的外祖父若在院子另一頭那排樹後面觀望，我知道他會選誰。

我開窗叫孩子進來。

3

碗盤洗完，我立刻給瑪莉和艾莉絲洗澡，不理會抗議硬要她們上床睡覺。我們都知道現在還早，也難怪她們吱吱喳喳說說笑笑好幾小時才睡著，沒關係，只要她們待在床上，不在客廳，我就無所謂。

我回到客廳，正好趕上六點新聞。爸爸逃獄已兩小時，還沒有目擊者通報，其實我不意外。我依然認為他不在野生動物保護區，也不在那附近。保護區搜索困難，要想躲進去也不容易。說真的，我爸從來不做沒有目的的事，他挑那個地點逃脫一定有原因，我得搞清楚原因是什麼。

當初，我把爺爺奶奶的房子夷平之前，常在各個房間晃進晃出，尋找線索，企圖了解父親，想知道一個人怎麼會從孩子變成誘拐孩子的人。審判紀錄提供了一些細節：我祖父霍布魯克是純種歐吉布威人[2]，他小時候被送去印地安的寄宿學校，得到這個非原住民姓氏。我祖母是芬蘭人，家在上半島西北部，採銅礦維生。他倆三十幾歲才遇到彼此，婚後五年生下

2　Ojibwe，北美地區的原住民族。

我爸。辯護內容將我爸的父母刻畫成完美主義者，年紀太大，太過古板，無法適應愛吵愛鬧的小男孩，一點小事就要處罰。我在堆柴火的棚子裡發現一根雪松木做的家法，握把歷經多次使用，磨得相當光滑，可見這部分敘述是真的。在他臥室櫃子裡一片鬆動的木板下，我找到一個鞋盒，裡面有一副手銬、一團金髮和一條白色內褲。我想頭髮是他從母親的梳子上弄來的，像鳥窩，一支口紅和一個珍珠耳環像鳥蛋似的放在上面。那條內褲大概也是她的。我能想見控方會怎麼操作這些。

文件的資訊並不多，我爸十年級退學後被父母趕出家門，砍了一陣子做紙漿用的木材後，便從軍去了。在軍隊裡他無法和同袍相處、不聽長官的話，只待了一年多，又被軍隊開除。辯護律師說那些事的錯都不在我爸，說他當年是個聰明的年輕人，為的是父母從未給予的愛與接納，才會行為不檢。我可沒那把握。我爸或許在荒野求生上很有智慧，但老實說我回想起來，他從沒坐下讀過一本《國家地理雜誌》。有時候我甚至連他有沒有閱讀能力都存疑。他連書上的照片都懶得看。

起先沒有一樣東西跟我認識的父親有關，直到我從掛在地下室屋椽上的麻布袋裡找到他的鱒魚釣具。爸爸常講他小時候在福克斯河釣魚的故事給我聽，所有釣魚的好地方他都知道，甚至還當過一次《密西根戶外生活》節目製作小組的嚮導。有了他的釣具，我在福克斯河和它的東支流釣了好幾次魚。爸爸這隻釣竿甩起來又快又好。我會在一條釣線上繫四或五個鉛錘，要是用若蟲為餌，鉛錘就繫六個，通常都能滿載而歸。我不知道自己釣鱒魚的本領有沒有爸爸好，但我喜歡這麼想。

電視新聞播個不停，我腦中想的卻是爸爸的釣魚故事。如果為逃獄殺了兩個人，知道會引起密西根史上最大的追捕行動，那我不會在沼澤區盲目亂跑。我會去世上曾讓我感到快樂的其中一個地方。

八點四十五分。我坐在前廊等史蒂芬，邊等邊打蚊子。我不知道他對我爸逃獄的新聞會有什麼反應，但我想像得到絕對不好。我這個從事自然攝影的先生個性溫和，很少發脾氣，當初就是這一點吸引我，可是每個人都有極限。

藍波伸長身子趴在我身旁地板上。八年前牠還是小狗，是我開車遠赴北卡羅萊納州，去普羅特犬的繁殖場帶回來的，當時還沒有史蒂芬和兩個孩子，牠專屬於我，只認我一個。不過，現在假使狀況需要，牠當然也會保護史蒂芬和我女兒，普羅特獵犬非常勇敢，這品種的粉絲稱牠們是犬界忍者，是全世界最強的狗。不過，假如遇上緊要關頭，全家都陷入危險，那麼藍波會先顧我，把我放在第一位。喜歡從浪漫角度看動物的人喜歡稱之為愛，或忠誠，或忠貞，其實這只是天性而已。普羅特這個品種的特性就是能堅持為主人作戰，能跟獵物纏鬥數日，寧死不屈。就是這樣，沒辦法，這是天性。

藍波叫了一聲，豎起耳朵，我也抬起頭。我能分辨蟋蟀、蟬、短葉松林間的風聲，聽得出老鼠或鼩鼱鑽過落葉的聲音、我家和鄰家間草地邊上橫斑林鴞呼呼的叫聲、我家屋後溼地上築巢的那對夜鷺咯咯嘎嘎的叫聲、公路上車子呼嘯而過時演示的都卜勒效應，但藍波是狗，感官更強，對牠來說夜裡充斥著各種聲音和氣味。牠發出低鳴，前掌抽動，除此之外沒別的動作，沒我指令牠不會妄動。牠受過我的訓練，能聽懂口令，也能看懂手勢。暗處的聲響可多了，不見得全都要探究追查。

當然，這人畢竟是我爸。我知道他對我媽所做的是壞事，知道他逃獄時殺死兩名守衛，不可原諒，可是心底深處總有一點……很小一點，就像沼澤草花的一粒花粉那麼小的一點點……依舊（並且永遠）是那個崇拜父親的馬尾小女孩，很高興爸爸重獲自由。他在牢裡待了十三年，帶走我媽時三十五歲，我們離開沼澤時五十歲，兩年後被捕定罪時五十二歲，今年十一月，就要六十二歲了。密西根州沒有死刑，但每每想到爸爸在牢裡還要再待十年、二十年，若跟他父親一樣長壽則要再待三十年，我就覺得還是有死刑比較好。

我們離開沼澤後，大家都以為我會因為我爸對我媽做了那些事而恨他。我確實恨過他，卻也為他難過。他想要個老婆，可是沒有哪個腦子正常的女人會願意嫁到那裡跟他過活。你從他的觀點去理解一下，就知道他沒有別的辦法。不然還能怎樣？他有精神病，很嚴重，有根深蒂固的美洲原住民野性，克制不了抓走我媽的衝動。甚至檢辯雙方對他的診斷看法一致，都認為他有反社會人格障礙，差別只在於辯方主張據此減刑，強調他幼時頭部多次受擊，造成腦部傷害。

當年我畢竟是個孩子，是個深愛父親的孩子，而我所認識的那個雅各・霍布魯克，聰明、有趣、和善、有耐心。他照顧我，給我吃，給我穿，教導我所有必需的知識，那些知識不光能讓我在沼澤區活下去，還能活得很好。畢竟，若沒發生那些事情，我根本就不會出生，所以我實在沒立場說遺憾，對吧？

最後一次見到父親，是他戴著腳鐐手銬走出馬凱特縣法庭，即將與上千個別人關在一起的時候。開庭時我沒出席，因為他們考慮我年幼，又受那樣的撫養，認為我的證詞並不可靠。而且光憑我媽提出的證據，就夠我爸坐十幾輩子牢。可是判刑那天，外祖父母從紐伯里把我帶去。我想，他們希望我看見爸爸為他對媽媽所做的事受到制裁，就會跟他們一樣憎恨他。同一天，我見到爸爸的父母，發現我祖母並不是歐吉布威人，而是金髮白膚，你可以想見我有多驚訝。

那天之後，我開車經過馬凱特監獄少說一百次，每次帶瑪莉看醫生、帶孩子買東西，或是去馬凱特看電影，都會經過。從高速公路望過去，看不見監獄，路過的人只見兩道舊石牆夾著彎彎曲曲的車道，像是豪宅入口，一路穿過樹林，通往俯瞰水灣的懸崖。管理大樓是砂岩建築，早在一八八九年監獄啟用時就有了，是本州的古蹟。我爸住的那一區，守衛最森嚴，共有六間第五級的單人牢房，圍著六公尺厚的石牆，牆上還有三公尺高的鐵網。周圍有八座槍樓，其中五座架有攝影機，用來觀察牢房裡的活動。至少維基百科是這麼說明，我沒進去過。我用Google地球看過一次衛星畫面，院子裡沒有犯人。

如今，那裡的囚犯少了一個，也就是說，再過幾分鐘，我就得跟我先生招供，招出我真實的身分，以及身世。

藍波發出警告的叫聲，幾秒鐘後，車燈掃進院子，接著院子裡的照明燈亮起，一輛運動型休旅車開進車道。不是史蒂芬的切諾基吉普車，這輛車頂上有警示燈，側邊有州警標誌，我不禁燃起希望，以為自己有機會在史蒂芬到家之前答完問題送走警察。可是切諾基緊接在後。兩輛車內燈同時亮起，史蒂芬看見警察制服，臉上的困惑隨即轉為驚慌，下車奔向我。

「赫蓮娜！妳沒事吧？孩子呢？這是怎麼了？妳沒事吧？」

「沒事。」我叫藍波留在原地別動，自己走下前廊臺階，迎向史蒂芬。同時，警察向我們走來。

帶頭的警察問：「赫蓮娜．佩勒提爾？」他很年輕，年齡與我相仿。他的搭檔看起來更年輕。不知道他們向多少人問過話，聽過多少被摧毀的人生。我點點頭，拉住史蒂芬的手。

「我們有幾個問題要請教。關於妳爸爸，雅各．霍布魯克。」

史蒂芬猛然轉過頭來。「妳爸……赫蓮娜，這怎麼回事？我不懂。那個逃犯是『妳爸』？」

我再次點頭，但願史蒂芬能明白這個動作有兩個意思，既是承認，也是道歉。對，雅各・霍布魯克是我爸爸。對，我打從相識就在騙你。對，我身上流著那壞人的血，你女兒也是。對不起。對不起，讓你在這種狀況下得知實情。對不起，沒有早一點告訴你。對不起。對不起。對不起。

天色很黑。史蒂芬的臉在陰影中，看看我，看看警察，再看看我，又轉過去看警察，但我看不出他在想什麼。

最後，他說：「進屋吧。」這話不是對我說的，是對警察說的。他放開我的手，帶警察經過前廊走進家門。我精心建構的第二人生就這樣，崩塌了。

4

兩位密西根州警坐在我們家客廳的長沙發上，像書擋似的一邊一個，制服相同，身高相同，髮色髮型也相同，很有禮貌地把兩人的帽子都放在中間的椅墊上，雙膝張開，因為史蒂芬不高，我們家沙發椅比較矮。他們在客廳裡顯得比在院子裡大隻，也比方才更令人害怕，制服代表的公權力似乎放大了他們的身體。或許是因為我家鮮少來客，人一多顯得客廳好小。進門時史蒂芬問他們要不要咖啡，我暗自慶幸他們拒絕，因為我希望他們別待太久。

史蒂芬坐在長沙發旁邊的單人沙發上，像隨時要飛走的鳥，抖著右腿，臉臭得要命。我坐在他們對面，客廳只剩這個空位。我意識到我們夫妻身體相隔在這空間所能容許最遠的距離，而且自從邀警察進屋以後，史蒂芬一直故意不看我。

大家一坐定，帶頭的警察就問：「妳上次見到爸爸，是什麼時候？」

「離開沼澤以後，就沒再跟我爸說過話。」

警察挑起一邊眉毛，我知道他在想什麼。我爸在牢裡關了十三年，而我住在八十公里外，居然從沒去看他？

「那就有十三年了。」他從襯衫口袋掏出筆和本子，準備記下數字。

我糾正他：「是十五年。」我們母女離開沼澤後，爸爸在上半島的荒野中遊蕩了兩年才被抓到。這件事警察跟我一樣清楚，他是在建立基準線，先問一個已知答案的問題，再據此推斷接下來我說的是實話還是謊話。其實我沒理由說謊，但他並不知道。如果沒證據能證明我清白，他就得先將我視作嫌犯，這我理解。一般來說，犯人不可能從最高安全級別的監獄逃脫，除非有人幫忙。幫手有可能在監獄裡面，也有可能在外面，像我這樣。

「好。那麼，妳這十五年都沒跟他說過話？」

「你如果不信，可以去查訪客紀錄。」說是這麼說，但我想他們早就查過。「或是電話紀錄什麼的。總之我說的是實話。」

倒不是沒想過要去探監，我想過很多次。警方第一次抓到爸爸的時候，我超想見他。紐伯里是小鎮，他傳訊前的拘留所離我學校只有幾個街區。我大可以放學走路過去，也可以在其他時間騎腳踏車過去，愛什麼時候去都行，沒人不許。可是我怕。當時我十四歲，事隔兩年，我變了，或許他也變了。我怕爸爸拒絕會面，怕他還在生氣，因為是我害他被抓的。

爸爸定罪後，沒人會開一百六十公里的車從紐伯里載我去馬凱特探監，再開一百六十公里載我回來。就算我有勇氣開口，也沒人會答應。後來，我把姓氏改掉，有了自己的交通工具，還是不能去探監，因為必須出示身分證，在訪客名單上留名字。我不能讓新的人生和舊的人生交會。再說，想見他的念頭並非持續不斷，隔陣子才會出現一次，通常是史蒂芬跟兩個女兒玩的時候，他們的互動會讓我想起從前和爸爸在一起的時光。

上一次認真考慮和他聯繫，是兩年前，我媽過世。那段日子我很不好過。媽媽死了，我卻什麼都不能做，唯恐露出蛛絲馬跡，讓人發現真實身分。我活在自己布下的證人保護計畫裡，為確保新生活能好好過下去，必須與舊生活斷絕關係。可是身為媽媽唯一的孩子，缺席喪禮像是種背叛，想到再也見不到面說不到話，我心如刀割，不想將來在爸爸身上再經歷一次。要是有人起疑，或許我可以謊稱自己是記者或那種喜歡囚犯的女人，但這種做法需要爸爸配合，我不知他會不會拒絕配合。

「妳知道他可能會去哪兒？」警察問。「或有什麼打算？」

「不知道。」我很想說*他當然想逃離這些追捕他的人，越遠越好*，但我不傻，不會挑釁身上有槍的人。本來還想打聽最新狀況，不過既然警方找我協助，狀況就不言可喻。

「你們認為他想來找赫蓮娜？」史蒂芬問。「我們家有危險？」

「如果有別的地方能暫待幾天，是最好的。」

史蒂芬臉色發白。

我趕緊說：「我不認為他會來。我爸那麼恨父母，沒道理跑回童年生長的地方。他只想逃走而已。」

「等等，妳是說妳爸住過這裡？住過我們家這棟房子？」

「不，不，不是這棟房子。這塊地是他爸媽的，我繼承之後把舊房子拆了。」

「他爸媽的地……」史蒂芬搖頭。警察投以同情的眼神，看來這種事他們見多了，那表情彷彿在說：「女人呀，就是不能信。」我也為史蒂芬難過，突如其來要消化的事這麼多。要是能照我的時間和方式，私下告訴他就好了。總好過被迫在外人面前露出無知和困惑的樣子。

警察繼續問話，史蒂芬專注看著我，顯然把心懸在那裡。我爸逃脫時我人在哪兒？有誰和我在一起？我有沒有往監獄送過東西？連果醬和生日卡都沒寄過？

詢問持續不斷，史蒂芬雙眼盯住我，那眼神是責怪，是批評。我雙手冒汗，嘴上得體應對警察的問題，腦中想的卻是這對史蒂芬打擊會有多大，之前的沉默使他和孩子陷入多大的險境，還有，祕密揭穿，我為保密所作的一切全都白費了。

最後，走廊響起腳步聲，艾莉絲從牆角探頭，看見客廳有警察，瞪大了眼。「爸爸，」她遲疑地問，「你來不來親我們說晚安？」

「當然要啊，小南瓜。」我倆都緊張得要命，但是史蒂芬說得不露痕跡。「回床上去，我馬上來。」他轉頭問警察：「問完了嗎？」

「先這樣。」帶頭的警察看我一眼，似乎認為我有話沒說，伸手遞來一張名片。「妳如果想到什麼能幫我們找到妳爸的事，無論是什麼，都請和我聯絡。」

警察一走，我立刻說：「我原本就打算告訴你。」

史蒂芬注視我良久，緩緩搖了搖頭。「那為什麼沒說？」

他問得有理，我卻沒有好答案。我當然不是故意騙他。七年前在天堂藍莓節初次相遇，史蒂芬買光我剩下的貨，約我吃漢堡的時候，我總不能說：「我很願意跟你出去，我叫赫蓮娜・艾瑞克森，還有，記得九〇年代有人綁走一個紐伯里女孩，在沼澤囚禁了十二年嗎？人稱沼澤王的那個人？對，他是我爸。」那年我二十一歲，隱姓埋名逍遙了三年，沒人在背後說三道四指指點點，一人一狗過著漁獵採集的生活，才不會因為這個黑髮黑眼的陌生人買我的香蒲藍莓醬，就把祕密告訴他。

可是，後來那麼長的時間，為什麼一直沒說呢？第一次約會或許不宜，第二次、第三次也不合適，但漸漸了解之後，坐船遊湖對彼此情侶關係心照不宣之前，尤其是，史蒂芬在蘇必略湖畔單膝跪下之前，我有過太多機會。但越晚說出真相，要承擔的風險就越大。

史蒂芬又搖了搖頭。「我給妳全世界最大的空間，妳卻這樣……妳要獵熊，我說過什麼嗎？妳想自己一個人在樹林過夜，我也隨妳；妳在瑪莉還是嬰兒的時候消失兩週，說想獨處，我也隨妳。哪有人的太太會去『獵熊』？這件事妳該跟我講的，赫蓮娜，妳為什麼不信任我？」

這件事千言萬語說不清，我只擠得出三個字：「對不起。」連自己聽了都覺得弱。但是真的，我真的很抱歉，如果有用，有生之年我願意天天道歉。

「妳說謊，害我們全家陷入危險。」史蒂芬走進廚房，砰一聲把門關上。我聽見他在車庫挪東挪西，然後兩手各拿一個行李箱出來。

「打包妳跟孩子的行李，我們要去我爸媽家。」

「現在？」

史蒂芬的爸媽住在綠灣，光開車就要四小時，路上還得停下來讓小孩上廁所，現在出發最快也要凌晨三點鐘才能到。

「不然呢？我們不能留在這裡，變態殺人魔還沒抓到。」他沒說那變態殺人魔恰巧是我爸，他不用說。

「他不會來這裡。」我說這話並不是因為我相信，而是因為史蒂芬必須相信。一想到史蒂芬以為我會有意或有意識地做出傷害家人的事，我就難過得不得了。

「**妳確定**？妳能保證妳爸不會來找妳或孩子？」

我張開嘴，又閉上。我當然無法保證。雖然我覺得自己有可能揣摩得出爸爸會怎樣不會怎樣，但事實上，我無法確定。為了逃獄，他殺死兩個人，光是這一點我就沒想到。

史蒂芬雙手緊握成拳頭。我當下做好準備。史蒂芬從沒打過我，可凡事總有第一次。我爸會為比這小很多的事對我媽動手，毫不猶豫。史蒂芬挺起胸膛，深深吸一口氣，然後吐出；再吸氣，再吐氣。他提起女兒粉紅色的公主行李箱，轉身踏步走進房間。我聽見衣櫃抽屜用力開關，聽見艾莉絲傷心地問：「爸爸，你在生媽媽的氣嗎？」

我抓起另一個箱子，去臥室把史蒂芬去爸媽家暫住所需要的東西裝好，再提回客廳放到門邊。我想告訴他，我懂他的感受，我也不想事情變成現在這樣，他不想理我我很難過。但他帶著女兒的行李出來，連門邊這個一起拿上車的時候，好像不認得我似的，於是我什麼都沒說。

我們默默給穿著睡衣的女兒套上毛衣，扣上扣子。史蒂芬背起瑪莉，我牽著艾莉絲跟在後面。把艾莉絲放進安全座椅，扣好安全帶後，我對她說：「要乖，要聽爸爸的話。」艾莉絲眨眨眼睛，又揉揉眼睛，努力不哭。我輕拍她頭，把她心愛的絨毛玩具「紫熊」塞到她身旁，然後走到駕駛座窗邊。

史蒂芬挑起眉毛，搖下車窗。

「妳不去叫藍波？」

我說：「我不去。」

「赫蓮娜，別使性子。」

我知道他在想什麼，我連狀況好的時候都怕去婆家，現在因為爸爸逃獄所以半夜帶著女兒去投奔，更是難堪。我們是完全不同的人，可是在一起的時候，我不但得假裝對他們有興趣的事物有興趣，還得遵守一大堆規則和禮節。現在的我比十二歲時那個社交無能者好很多了，可是史蒂芬的爸媽總能讓我覺得自己還跟當年一樣糟。

「我沒使性子，只是必須留在這裡。警察需要我幫忙。」

這不完全是實話。真正的理由史蒂芬絕對無法接受。事實是，從警察進門問話到離開這段時間裡，我明瞭了一件事，世上如果有人能把我爸抓回監獄，一定是我。荒野認路的本事誰都比不上我爸，但我輸他不多。我和他同住十二年，是他訓練出來的，他會的東西全都教給我了。我知道他會怎麼思考，怎麼做，往哪裡去。

要是史蒂芬知道我的打算，一定會叫我別忘記他是持械逃亡。我爸殺了兩個獄卒，警方深信他會繼續殺人，但這世上如果有人能安全待在他身邊，那就是我。

史蒂芬瞇起眼睛。我看不出來他知不知道我有所隱瞞，或者在不在乎。

好一會兒他才聳聳肩，疲倦地說：「打電話給我。」搖上車窗。

車往外開，車道上的自動燈亮了起來。艾莉絲伸長脖子從後窗看我，我揮手，艾莉絲也揮手，史蒂芬沒有。

我站在院子裡目送車子的尾燈遠去，直到再也看不見，才回前廊臺階坐下。這個夜晚好空虛，好冷，我突然發覺，結婚六年來從未獨自在家過夜。喉嚨裡彷彿有東西卡住，勉強嚥下。

憑什麼自憐？還不都是自作自受？就在剛剛，我失去了家人，而且怪不了別人，是我自己的錯。

我了解狀況，這種事我經歷過。當年媽媽深陷憂鬱之中，有時數日甚至數週不出房門，爺爺奶奶就跟她打官司，爭到我的監護權。假如史蒂芬從此不再回來，假如他認為我的疏漏罪大惡極，不可原諒，決定離婚，那我再也見不到女兒了。我有不健全的童年，習性古怪，史蒂芬卻有百分百正常的中產階級教養和傳統家庭價值觀，我完全沒法比，不比也罷。世上沒有任何法官會站在我這邊，就連我自己都不會把監護權判給自己。

藍波跳到我身邊，把頭靠在我腿上。我摟住牠，把臉埋進牠毛裡，回想多年來無數可以坦白自己身分的機會。事後看來，我雖然努力說服自己，只要不提爸爸的名字，就能假裝他不存在，但他確實在呀。如今在內心深處，我明白了，總有一天是要算總帳的。

藍波嗚咽一聲，走開了。我任牠走入夜色，然後起身回屋裡做我的準備。解決這件事的辦法只有一個。挽回家庭的辦法只有一個。向史蒂芬證明，對我來說，沒有任何事、任何人比家人更重要的辦法，就只有這麼一個了。

5

小屋

沼澤王把嚇壞了的公主拖進泥淖，很久很久以後，鸛鳥才看見一根綠色的梗伸出沼澤，一出水面就長了一片葉子，越來越寬，又在離葉子很近的地方生出一個花苞。

有一天早上，鸛鳥飛過，發現陽光的力量已使花苞綻放，杯狀的花裡躺著一個可愛的孩子，是個女孩，看起來好像剛剛出生。

「維京人的太太想要孩子，卻一直沒懷上，」鸛鳥心想，「人家不都說鸛鳥是送子鳥嗎？我就認真扮一回吧。」

鸛鳥抓起花裡的女嬰，飛到城堡，用嘴在皮窗上啄出一個洞，然後把那漂亮的孩子放進維京人太太懷裡。

——漢斯・克里斯蒂安・安徒生，《沼澤王的女兒》

小時候我並不知道我家有問題。小孩通常都不知道。無論什麼樣的環境，他們都會覺得正常。虐待狂的女兒長大以後會愛上虐待狂，是因為她們習慣了，覺得親切、自然。就算不喜歡自己生長的環境，還是會這樣。

但是，我愛我在沼澤的生活。如果當時知道我現在知道的事，情況也許很不一樣，也許我不會愛我爸，會比較能夠理解我媽。但我想我還是會一樣喜歡打獵捕魚。

報紙引用童話故事的典故，稱我爸為**沼澤王**。熟悉那故事的人都明白他們為什麼這樣叫他，我也是。但我爸不是怪物，這點我一定要說清楚。我知道他所說所做是錯的，但他畢竟只是就自己所有的一切盡力而為罷了，和許多父母一樣。還有，他從沒虐待過我，至少沒有性虐待，很多人理所當然這樣以為，他們錯了。

報紙說我們住的是農舍，這我也理解，因為它在照片上看起來像舊農舍：兩層樓，舊牆板，上下開的雙層窗戶髒到不透明，屋頂用的是木瓦。

那是我們的地方，我們叫它小屋。我無法告訴你那是誰蓋的、什麼時候蓋的，但我保證它不是農舍。小屋座落在一條長著楓樹、山毛櫸和赤楊的小丘上，小丘突出於沼澤地，像個胖婦人側身睡著，頭部有點高，肩膀更高，再來就是巨型的屁股和大腿。我們的山丘是塔夸瑪嫩河（Tahquamenon River）盆地的一部分，這個盆地有零點三十三平方公里是溼地，水流悉數注入塔夸瑪嫩河，這是我後來才知道。歐吉布威人叫這條河「Adikamegong-ziibi」，也就是找到白魚的河。但我們在河裡抓到的只有北美狗魚、玻璃梭鱸、鱸魚和狗魚。

我們的小山離塔夸瑪嫩河有段距離，隔開了划獨木舟的人和漁夫的視線。小屋周圍長滿沼澤楓，所以連空中俯瞰都很難看見。你認為我們柴火爐冒出的煙會洩漏行蹤對吧？沒有。我們在小屋住了那麼多年，就算有人注意到煙，也只當是漁夫做飯，或來自狩獵小屋。再說，我爸是個極其謹慎的人，他拐走我媽之後，肯定等了好幾個月才敢冒險生火。

我媽告訴我，最初十四個月，我爸用鐵鍊把她鎖在柴房角落的木樁上。我不太相信。那副手銬我見過，當然，必要時甚至用過。可是我爸何必費事用鐵鍊將她拴在柴房裡？她根本無處可逃呀。環顧四周，舉目所及，只有荒草，再不就是水狸或麝香鼠的窩，和其他突出於沼澤的高地。地面的泥濘程度既划不了獨木舟，也沒法走路。

那片沼澤在春天、夏天和秋天都能保護我們。到了冬天，熊啊，狼啊，還有土狼，偶爾會踏冰而來。有一年冬天，我睡前穿上靴子去外頭上廁所——因為廁所在外面，而且，相信我，冬天半夜你絕不會想下床出去。就在那個時候，我聽見前廊有聲音。我以為是浣熊，那晚異常暖和，氣溫幾乎高於冰點，是那種滿月亮得能照出影子來，冬眠的動物會傻得以為春天到了的冬夜。我走到前廊，看見一個和我差不多高的黑影，依然以為是浣熊，就吼牠，還一巴掌打下去。你若放任，浣熊會搞得很髒，收拾殘局的可是我。

但牠不是浣熊，是黑熊，而且不是幼熊。那隻熊轉過來看我。如今我閉上眼睛還聞得到牠溫暖帶腥味的鼻息，感覺到牠呼在我臉上的氣吹動我的瀏海。我大喊：「雅各！」熊就在原地跟我大眼瞪小眼，直到爸爸帶步槍過來，打死牠。

接下來整個冬天我們都吃熊肉。熊屍掛在工具間像是沒有皮膚的人。我媽嫌熊肉油膩，吃起來有魚味，但不然還想怎樣？我爸說：「吃什麼就像什麼。」我們把熊皮鋪在客廳壁爐前面，用釘子釘在地板上，免得捲起來。皮膚那面乾掉之前，整個客廳都有腐肉的臭味，可是我喜歡坐在我的熊皮毯上，雙腳朝著火，腿上抱一碗燉熊肉。

我爸的故事比我的更棒。多年前，媽媽和我都還沒來以前，他還是青少年的時候，和父母住在大沼澤附近的諾瓦夸湖，有一次徒步穿越樹林，檢查設下的陷阱。那年冬天積雪特深，前晚又多降下十五公分，不但蓋住小徑，連他為了認路所做的記號都不見了。他不知不覺偏離應走的路徑，然後突然踩空，連帶雪和樹枝樹葉一起掉進大洞，幸虧落在一個溫暖柔軟的東西上，才沒有受傷。一發覺自己身在何處、發生了何事，他立刻爬起來，爬出去，原來剛才腳下踏的是一隻巴掌大的幼熊，熊頸已經斷了。每次聽爸爸講起，我都好希望這個故事是我的。

媽媽被他囚禁兩年半後，生下了我，當時她還差三週才滿十七歲。我們一點都不像，長得不像，脾氣也不像。但我想像得出她懷我時狀況如何。

「妳要生小孩了。」我爸大概一邊在屋後廊上跺腳去除靴上髒污，走進悶熱的廚房，一邊跟我媽這樣說。他得跟她說明，因為她年幼無知，不知道自己身體有了巨大變化。或許她知道，只是不想承認。這事究竟如何，要看紐伯里中學的健康教育課教得好不好，她上課認真不認真。

媽媽原本在做飯，聽見這話應該會轉頭看他。媽媽每天不是在做飯，就是在為做飯或洗東西燒水，再不然，就是提水，那水也是提來燒的，燒熱了用來做飯或洗東西。

在我第一個版本的想像中，媽媽滿臉困惑，雙手飛快抱住肚子，輕輕說：「小孩？」臉上沒有笑容。在我的經驗裡，她很少笑。

第二個版本，她挑釁地頭一甩說：「我知道。」

雖然我喜歡第二個版本，但想必第一個比較接近事實。我們以一家人的身分同住那麼多年，爸爸說話媽媽從不回嘴，有時我真希望她回嘴。你想想，當我還是嬰兒、幼兒、成長中的女孩時，對於母親的概念，除了《國家地理雜誌》廣告上活力充沛穿著圍裙的家庭主婦，就是這個無精打采、眼眶泛紅悶頭做家事的年輕女子。媽媽從不大笑，很少開口，也不常抱我親我。

想到要在那個小屋生孩子，她一定嚇壞了吧。換作是我也會怕。或許她曾希望我爸能想通，沼澤區的小屋不是生孩子的地方；希望我爸會帶她去鎮上，像棄嬰那樣把她留在醫院門口。

我爸沒那麼做。媽媽原本天天都穿原有的牛仔褲和凱蒂貓T恤，直到衣服漸漸蓋不住肚子，褲子的拉鍊也拉不上去，我爸就借她吊帶和一件法蘭絨襯衫。

我想像媽媽肚子漸大，人卻越來越瘦的樣子。在小屋的最初幾年，她體重輕了好多。沒想到她從前那麼胖，第一次看見她在報紙上的照片，我嚇了一跳。

後來，媽媽懷孕五個月，肚子很明顯的時候，一件不尋常的事發生了。我爸帶她去買東西。看來我爸雖然精心策劃了誘拐和小屋生活，卻沒想到要買衣服給未來要出生的我。

想到他當時的窘境，我依然莞爾。你想想，那個足智多謀的野人有本事將少女拐走關起來超過十四年，卻不曾料到夫妻生活會有如此後果。我在腦中想像爸爸歪頭捋鬍努力盤算的樣子，他的選擇其實不多，最後依照本性選了最實際的做法，開始準備上蘇城一趟，在小屋方圓兩百四十公里內，只有蘇聖瑪麗有凱瑪超市。

帶我媽去買東西，聽起來危險，其實還好，別的誘拐犯也做過這種事。大家找久了會放棄，記憶會消退，只要受害者別跟路人對視或自報身分，就不太會出狀況。

爸爸把媽媽的頭髮剪得跟男生一樣短，染成黑色。小屋裡發現染髮劑這件事，後來被拿來證明我爸的行為是有意識而且有預謀的。他怎麼知道會需要染髮劑？怎麼知道我媽會是金髮女子？總之，無論誰看見他們，都會覺得是爸爸帶著女兒，就算看出我媽懷孕，誰會在乎？一般人絕對想不到，緊抓這年輕女人手肘的人不是她爸，而是她孩子的爸。後來我問過媽媽，為什麼當時不求救。她說她覺得自己隱形了，沒人看得見。你想想，她才十六歲，而我爸已經花了一年時間教她相信沒人在找她，沒人在乎。他們在嬰兒商品區拿東西放進購物車時，也沒人留意，所以我媽相信這就是事實。

每樣東西爸爸都買兩份，每個尺寸兩份，讓我從嬰兒用到成人。一件換洗，一件穿，都是男孩款示，因為他們無法預先得知孩子的性別，買男孩衣服無論生男生女都能穿。再說，在小屋我穿裙子幹嘛？時隔多年，警方離開犯罪現場以後，大批記者湧至我們的小丘，有人拍了一張照片，是我臥室牆上的一排鞋，照尺寸大小排列，在推特和臉書上瘋傳了一陣子。人們似乎以此說明我爸的邪惡天性，用影像證明我爸想將我媽和我終生監禁。可是對我來說，那些鞋子只是成長的標記，跟別人家在牆上標記小孩身高是一樣的意思。

除此之外，爸爸還給媽媽買了兩件長袖襯衫、兩件短袖襯衫、兩條短褲、兩條牛仔褲、六條內褲、一件較大的胸罩、一件法蘭絨睡衣、一頂帽子，還有圍巾、手套、靴子和厚外套。媽媽被抓來那天是八月十號，所以冬天都穿他的外套。媽媽跟我說，爸爸沒問她喜歡什麼顏色，也沒問她圍巾要純色還是條紋的，自顧自選了所有的東西。我相信，我爸喜歡掌控一切。

儘管大賣場價格便宜，買那些東西還是得花一大筆錢。我不知道錢從哪來，可能是賣水狸皮得來的，也可能是獵到狼。我小時候，獵狼在上半島並不合法，但皮毛市場始終興盛，尤其是在原住民間。也有可能他偷錢，或是刷卡付費。爸爸有很多事我不知道。

關於出生那天的事，我想了很多。我看過一些女孩遭到誘拐和囚禁的報導，從她們的故事去瞭解媽媽的經歷。

她原本應該是學生，應該有喜歡的男生，應該跟其他女生玩在一起，應該跟其他同齡孩子一樣玩樂團或參加球賽。但現在她要生孩子了，還沒人幫忙，身邊就只有那個把她從家人身邊奪走，並且強暴她無數次的男人。

媽媽在他們臥室的舊木床上生產，鋪的是家裡最薄的床單。爸爸在我出生前就知道那些東西事後都得扔掉。他在我媽最難受的那段時間展現了他最高程度的關切，也就是不時問她要不要吃東西，或送上一杯水。除此之外，我媽只能靠自己。我爸並不是要對她殘忍，雖說我爸確實有殘忍的本事，但當時他並不想讓她難受，實在是幫不上忙。

終於，胎頭著冠了。胎兒很大，媽媽千辛萬苦才把我生下，麻煩卻還沒完。一分鐘過去，五分鐘，十分鐘，我爸發覺狀況不對，我媽沒有排出胎盤。我不知道他怎麼會懂這個，但他懂。他叫我媽緊抓床柱，做好準備，因為這會很痛。媽媽說她當時無法想像有什麼能比剛才更痛，但我爸是對的，她痛得昏過去。

媽媽還說，我爸伸手進去弄掉胎盤的時候把她身體搞壞了，導致她沒辦法再懷孕。我不知道這是真是假，但我沒有弟弟妹妹，所以有可能是真的吧。我只知道胎盤若是沒有排出，你必須立刻行動才救得了產婦，既然送醫院和找醫生都不在選項之內，能選擇的行動也就不多。

接下來幾天，我媽因感染而發燒，意識不清。我爸有時把我放到媽媽胸前，其他時間就用破布沾糖水來堵我的嘴。我媽偶爾恢復神智，大多時候依舊昏迷，每次醒來都被我爸逼著喝柳皮茶，那能退燒。

現在我明白媽媽為什麼對我漠不關心了，因為她始終沒能和我建立親密的連結。她太年輕，我出生時她太難受、太害怕、太孤單，病得太重，整個人垮掉，陷在自己的痛苦裡，不想見我。這種狀況下出生的孩子，有時候會給母親帶來活下去的理由，可惜在我身上並非如此。感謝主，我還有爸爸。

6

我從櫃子裡拿出帆布背包，裝進備用子彈、幾條穀麥棒和一瓶水，再把帳篷、睡袋和我爸的釣具扔上皮卡。要是有人問我去哪裡、要幹嘛，露營設備和釣具可以作為正當理由。我不會靠近搜索區，但世事難料，搜索我爸的人太多了。

我給步槍裝好子彈，掛在車窗旁的架子上。照理說車裡不可以載上了膛的槍，可是大家都這麼做。況且這次的獵物是我爸，上膛的槍是必需品。我最近最愛用的武器是一把魯格美國步槍。這些年來我用過的魯格槍少說半打，準頭都極好，價格也比競爭對手便宜很多。獵熊的時候我還會多帶一把點四四的麥格農手槍，成年黑熊肌骨厚實，很難搞定，能夠一槍打倒黑熊的獵人不多。受傷的熊不會像受傷的鹿那樣流血致死。熊血會流入脂肪層和皮毛之間，如果子彈口徑太小，熊脂會堵塞傷口，皮毛會像海綿似的將血吸飽，所以逃跑時不會留下血跡。受傷的熊會一直跑到筋疲力竭為止，那大約有二十五到三十公里。所以我要獵熊一定帶狗。

我給手槍裝上子彈，放進前座置物箱。心臟砰砰跳，手汗直冒。每次打獵前我都會緊張，何況這次的目標是我爸，是我小時候深愛的人。他用他所知道最好的方式照顧了我十二年，之後我們分離十五年。我很久很久以前從他身邊逃走，如今他逃出監獄毀了我的家。

我太緊張，睡不著，就倒了杯葡萄酒，拿到客廳喝。我沒照規矩在茶几上放杯墊，癱進沙發，把腳翹在桌上。孩子們若把腳翹在桌上，史蒂芬會生氣，我爸就不會。我爸才不在乎桌面會不會磨損。聽說女人選丈夫會選像自己爸爸的人……這若是規則，我就是例外。史蒂芬不是上半島本地人，不會釣魚也不會打獵，逃獄這種事對他來說就跟賽車或執行開腦手術一樣困難。我嫁給他的時候覺得自己很明智，之後呢，大多時候也都這麼想。

我一口喝盡杯中的酒。上一次闖出這麼大的禍是離開沼澤。出來兩週後，我就發覺，新生活和想像中不一樣，我過不慣。若非親身處在那場新聞風暴中，不會知道它有多瘋狂。大家起先關注我媽，後來卻緊抓著我不放，我是在與世隔絕的原始世界長大的孩子，是罪犯與純真受害者結合的產物，是沼澤王的女兒。有很多我不認識的人寄來我不想要的東西：腳踏車、絨毛娃娃、ＭＰ３播放器和筆記型電腦。還有人匿名提供我上大學的學費。

沒多久，我外公外婆就想通了，家中的悲劇變成金礦，他們要用金礦換現金。他們叮囑媽媽和我：「別跟媒體說話。」指的是留言在答錄機裡的記者，和守在馬路對面的轉播車。我明白，只要現在保持沉默，將來我們的故事就能賣一大筆錢。我不知道這沉默要守多久，也不知道故事的買賣要怎麼做，甚至根本不知道我們要那麼大一筆錢做什麼，只知道那是外公外婆想要的。他們怎麼說，我就怎麼做，因為當時我渴望取悅他人的習慣還沒有改掉。

出價最高的得標者是《時人》雜誌，直到現在我還不知道他們究竟付了多少錢。當然，我和我媽都沒見過那筆買賣賺到的錢。外公外婆為我們辦了一場歡迎回家的派對，出發前外公叫我們坐下來，他說《時人》的記者會在派對上訪問我們，還會有攝影師拍照，我們要有問必答。

派對在潘特蘭鄉的鄉公所舉行，聽名字我以為那地方多了不起，以為會像維京人的城堡，會有高高拱起的天花板、厚厚的石牆、狹長的窗戶、鋪滿稻草的地板，還會有狗和羊走來走去，牆角拴著一隻乳牛，大廳長桌坐的是一般老百姓，樓上包廂專屬領主和貴婦。結果這間鄉公所居然只是座白色的木造大屋，門口掛著牌子，以免沒人注意走過頭。舞池和小舞臺在室內一樓，地下室有廚房和餐廳，和我夢想中的差多了，但當然是我見過最大的房子。

我們是最後到的。四月中的天氣，我在人家送的羽絨衣裡面穿了件紅毛衣，毛衣邊上鑲了白毛，像是真毛，但不是真的。配上藍色牛仔褲和從沼澤穿出來的鐵頭工作靴。外公想要我穿媽媽的黃格子洋裝加褲襪，遮住腿上的刺青。爸爸最早幫我刺的就是小腿上那幾圈鋸齒狀的線條，除了這個和臉頰上橫著的兩排點點之外，爸爸還在我右邊二頭肌上刺了一隻小鹿，跟你在穴居人壁畫上看到的很像，用來紀念我第一次捕殺的獵物。上背中央還有一隻熊，代表我小時候在長廊對峙過的那一隻。我的靈魂動物是*mukwa*，也就是熊。我和史蒂芬熟到一定程度以後，他問過刺青的事。我說我是浸信會傳教士的女兒，在遙遠的南太平洋島嶼長大，這些刺青是在加入部落的儀式上刺的。我發覺故事說得越古怪，聽的人就越相信。我還跟他說我爸媽企圖在島上為交戰中的原住民部落弭平爭端，因此喪命，以免他哪天突然想見家長。現在祕密既然曝光，我想刺青的事也可以老實說了，可是說真的，我習慣說謊了。

外公外婆想要我穿去派對的洋裝讓我想起小屋廚房的窗簾，只是顏色比較鮮豔，沒有破洞。我喜歡那塊布輕飄飄的質感，感覺像什麼都沒穿。雖然站在外婆家的穿衣鏡前的我看起來像女孩，一坐下卻還是闔不攏膝蓋，像個男孩，所以外婆決定讓我繼續穿牛仔褲就好。媽媽穿的是尋人海報上那件藍洋裝，繫藍髮帶，外婆一直埋怨洋裝太緊又太短。現在回想起來，外婆期待我二十八歲的媽媽能扮演他們失去的十四歲女兒，我媽也想配合，這兩件事真不知道哪個更糟。

我們走上一條很像護城河橋的木製斜坡，我滿懷期待，肌肉緊繃，就像有隻罕見的野火雞正在梳理羽毛，展開尾羽想吸引母雞，而我正用槍瞄準，生怕發出一點動靜就會嚇跑牠。在這之前我見過的人已經超乎想像的多了，但這次不一樣，這些是家人。

有人高喊：「他們來了！」音樂停下，一陣短暫沉寂之後，整個室內爆出上百人的口哨、歡呼和掌聲。許多金髮的阿姨、舅舅和表兄弟姐妹像一條洶湧的巨河，將我媽捲了進去。而我也被螞蟻似的親戚淹沒，男人跟我握手，女人將我擁進懷中，再推開來捏我的臉，像是不敢相信我真的存在。小孩子躲在大人身後偷看，警醒得像隻狐狸。我研究過《國家地理雜誌》上的街景，努力想像周遭有很多人會是什麼感覺。現在我知道了。很吵。很擠。很熱。而且很臭。我愛死了。

《時人》雜誌的記者拉著我殺出重圍，走下樓去。我想她大概以為我被那陣混亂嚇到了。她不知道我想來這裡，離開沼澤是我自己的選擇。

記者問：「妳餓不餓？」

我餓。出門前外婆不讓我先吃東西，她說派對有很多東西可吃。這話不假。記者帶我到廚房隔壁的房間，長桌上擺著好多食物。我這輩子從沒見過這麼多食物放在一起，比爸媽和我一整年吃的還多，說不定超過兩年的分量。

她遞給我一個薄得像紙的盤子。「埋頭吃吧。」

我沒看見鏟子，也不明白她要我埋什麼頭，可是離開沼澤後我學會一件事：不知道如何是好的時候，跟著別人做就對了。所以看見那個記者拿起桌上的食物放進盤子裡，我就跟著拿。某些菜有牌子，我知道牌子上那些字怎麼唸……無肉千層麵、起司通心粉、起司馬鈴薯、水果沙拉、焗烤青豆，但不知道意思，也不知道好不好吃。無論如何，我每種都拿了一點。外婆說每道菜都要吃一點，免得帶菜來的人傷心。我不知道一個盤子怎麼裝得了那麼多種菜，不知道能不能拿兩盤。後來我看見有個女人把她的盤子和盤子裡的食物一起丟進大鐵桶，轉身離開。或許我盤子太滿的時候也可以那麼做。這習俗有點奇怪，我們在沼澤從不丟棄食物。

我們一路拿菜，走到長桌盡頭，看見一張邊桌滿滿擺著餅乾、蛋糕和派。其中一個蛋糕有厚厚的棕色糖霜，還撒了彩虹糖，而且可不是一點點喔。十二支小蠟燭以拱形繞著一排黃色糖霜寫的字：「赫蓮娜，歡迎回家」這表示蛋糕是給我的。我把那盤千層麵加馬鈴薯加水果沙拉加焗烤丟進鐵桶，拿新盤子把整個蛋糕掃進去。《時人》記者笑了，攝影師對著我拍，我想這表示我做對了吧。離開沼澤以後，我做錯好多事。直到今天我還記得那第一大口的味道：好輕好軟，就像咬了一口巧克力口味的雲。

我吃蛋糕，記者問我問題。我是怎麼學會識字？沼澤生活我最喜歡的是什麼？刺青痛不痛？我爸有沒有用我不喜歡的方式碰我？現在我知道最後一個問題的意思了，她想問的是我爸有沒有性侵我。絕對沒有。當時我之所以說有，是因為爸爸懲罰我的時候，會用力打我的頭或背，對我媽也是這樣，這種碰法我當然不喜歡。

吃完以後，記者、攝影師和我上樓，讓我去浴室洗掉臉上用來遮刺青的化妝品，那是外公外婆弄的。（我不懂那裡為什麼叫浴室，明明不能洗澡啊。還有，為什麼門上的標誌只分男女，沒有小孩？男廁女廁又為什麼要分開呢？）記者說大家會想看我的刺青，我就讓她拍了。

結束後，我看見往停車場的門開著，外面有一群男孩在玩球。我知道那東西叫做「球」，我媽在《國家地理雜誌》上指給我看過，但這是我第一次在現實生活中看到。它重重落在人行道上，又彈回男孩手中，彷彿是活的，彷彿裡面住著靈魂，讓我深深著迷。

有一個男孩問我：「想玩嗎？」

想。當時要是知道他會朝我丟球，一定接得住。可是我不知道，所以球重重打在我肚子上，我慘叫了一聲。其實不怎麼痛。但那些男孩大笑起來，不懷好意的笑。

接下來的事情很離譜。我脫掉毛衣是因為外公外婆說它必須「乾洗」，乾洗很貴，所以絕對不能弄髒。拔刀則是想一刀射中籃框下的柱子，讓他們知道我控刀的本事跟他們控球一樣好。誰曉得會有個男孩跑來奪刀，還在過程中劃破手掌？話說回來，又怎麼會有人白痴到用手去抓刀刃呢？

此後外公外婆一直稱它為「那次事件」。那次事件的後半部我一片茫然，只知道很多男孩子尖叫，很多大人也大喊大叫，我外婆在哭。結局是我戴著手銬坐上警車，不知道為什麼會這樣，不知道哪裡出了問題。事後才明白，那些男孩以為我要傷害他們，太扯了，如果我要割誰喉嚨，他們哪裡攔得住？

當然，《時人》刊出了最腥羶色的照片，封面上我裸著胸膛，面帶刺青，握著在陽光下亮晃晃的刀，像亞諾馬米族[3]的戰士。聽說我那一期超級暢銷（是有史以來第三名，前兩名的主題是世貿中心和黛安娜王妃），所以他們的錢應該是沒有白花。

現在回想起來，我們都好傻。外公外婆以為拿女兒的悲劇賣錢不會有惡果，我媽以為她能回到從前的生活，而我以為我能融入這個世界。從那之後，學校同學分成兩個陣營：一邊的人怕我；另外一邊的人欣賞我，同時也怕我。

我站起來伸個懶腰，拿杯子回廚房洗，然後回臥室設好手機鬧鈴，和衣躺下，床罩都沒掀，只求天一亮就立刻出發。

這不是我第一次拿父親當獵物，但我會盡我所能，讓它變成最後一次。

3 Yanomami，住在巴西、委內瑞拉邊境亞馬遜雨林的部落。（編按）

7

五點鐘，鬧鐘響。我翻身抓起床頭櫃上的手機，查看簡訊。史蒂芬沒消息。

我在皮帶上插好刀，去廚房煮咖啡。小時候，家裡除了我爸那難喝的藥茶，就只有菊苣茶這一種飲料。挖出主根，清洗，晾乾，磨粉，處理起來很費事，我現在才知道那基本上是咖啡的次級替代品，雜貨店就能買到磨好的菊苣，但不懂怎麼會有人買。

外頭天色漸亮。我用保溫壺裝了水，抓起掛在門邊的車鑰匙，掙扎著無法決定要不要給史蒂芬留紙條。通常我會留，因為史蒂芬喜歡掌握我的行蹤和回來的時間，我也不介意讓他知道，只是上半島很多地方手機訊號斷斷續續，有時候根本收不到訊號，所以臨時改變行程沒辦法通知，這種狀況他能接受就好。說來也真諷刺，越是需要手機的地方，越是收不到訊號。還是別留紙條好了，我應該會比史蒂芬早到家……如果他還會回來的話。

車子開出車道，藍波聞了聞窗外的味道。現在是五點二十分，氣溫攝氏六度，還在下降。昨天還是「印地安夏天[4]」，證明老話說得好：「你要是不喜歡密西根的天氣，等一下就會變。」此刻吹著每小時二十四公里的西南風，上午降雨機率百分之三十，下午變成五十，這讓我有點擔心。雨水沖刷之後，再厲害的追蹤高手也找不到線索。

我聽了一會兒收音機，確認他們還在找我爸。路旁的楓葉已經半黃，不時出現幾棵血紅的沼澤楓。天上雲層暗成瘀青色。路上沒什麼車，一來今天是週二，二來，七十七號公路在西尼設了路障，所以往大沼澤這邊的車流量變得很少。

爸爸昨天設好誘餌之後，大概又繞了一圈回到河邊，徹夜趕路，盡速與保護區拉開距離。他沿著德河朝北走，因為沿河走比較容易，而往南會更加深入保護區。同時，涉水越過二十八號公路的涵洞是個不會被人看見的好方法。我在腦中想像他小心翼翼在黑暗中穿梭林間、涉水渡溪的樣子。他不會選擇伐木古徑，雖然好走，卻在直升機搜索下無所遁形。

天一亮，他就會找間小屋來躲。我自己遇上天氣驟變的時候也這麼做，還不止一次。只要離開時留下字條，說明你為什麼這麼做，並且留點錢賠償吃掉的食物和弄壞的東西，就不會有人介意。現在的難題是怎麼找到那間小屋。就算不下雨，天黑後我爸也會繼續移動，走很遠的路，拉開我們之間的距離，若真那樣，我就再也找不到他了。

我認為爸爸最終的目的地是加拿大。理論上來說，他可以在上半島的荒野中遊蕩一輩子，不斷變換位置，而且只在夜間移動，不生火，不打電話，不花錢，像北塘隱士[5]那樣，靠捕魚、打獵和闖空門維生。但更簡單的做法是離開這個國家。有人把守的關卡當然過不去，可是加

---

4 Indian summer，俚語。秋老虎之意。（編按）

拿大和明尼蘇達州之間的國界很長，監控不嚴。雖然公家機關在公路和鐵路都埋了感應器，但我爸只要挑個偏僻的林區，走過去就行了。出境之後，他愛走多北就走多北，還可以住在某個孤立的原住民社區附近，重新娶個老婆，隱姓埋名，平靜過完這一生。如果我爸想要的話，他可以取得第一民族[6]的身分。

從我家往南八公里之後，我調轉車頭朝西，開上一條車子開出來的路，這條路通往狐河野營區。整個上半島縱橫交錯布滿這種伐木古徑，有些跟雙線道公路一樣寬，但大多很窄，雜草叢生。如果你對小路跟我一樣熟，就能從半島這頭開到那頭，全程都走泥土路。如果爸爸如我所料，要去狐河野營區，那就得過三條路。算算他逃脫的時間，算算他躲起來休息之前能走多久，我猜他會選中間這條。這條路上有幾棟小屋，搜索隊的人原本一定會去察看，現在卻被我爸誘導到野生保護區去了。他們遲早會想通吧。但也未必，我媽就失蹤了將近十五年。

荒謬的是，我媽是在一個從沒發生過綁架或誘拐案的地方被人誘拐的。密西根上半島中部的這幾個鎮其實不太能稱得上「鎮」，西尼、麥克米林、辛格頓和達勒維爾簡直就只是在公路交叉口立了個歡迎光臨的牌子，然後有教堂、加油站和一兩家酒吧而已。西尼比其他的鎮多了一家附帶汽車旅館和洗衣店的餐廳，而且是二十八號公路上「西尼路」的端點。你若由東往西，它是起點；你若由西往東，它就是終點。「西尼路」全長四十公里，跟箭一樣直，跟煎餅一樣平，穿過大曼尼斯提克沼澤的遺跡，是西尼和辛格頓之間無聊至極的一條公路。旅客會在頭尾這兩個鎮停車加油、買路上吃的薯片和可樂，以及上廁所，因為接下來半小時可沒有這等文明設施。有人說西尼路有八十公里長，並非事實，只是感覺上有那麼長而已。

我媽遭人誘拐之前，盧斯縣的人家即使有小孩也不鎖門，之後可能也一樣。畢竟老習慣很難改，而且沒人覺得壞事會發生在自己身上，尤其是在別人身上已經發生過了。《紐伯里新聞》報導犯罪新聞鉅細靡遺，無論多小的事都報，報出來的也都是小事：車子未鎖，放在前座的CD包遭竊；信箱遭到刻意破壞；腳踏車遭竊。不過，誰都沒想到有人會偷小孩。

另一件荒謬的事，就是外公外婆想盡辦法都找不到女兒，儘管她所在之處離他們不到八十公里。上半島很大，占密西根州陸地面積的百分之二十九，人口只占百分之三，有三分之一的土地是州有或國有森林。

報紙的微縮膠卷記錄了當時的搜尋過程。

---

5 北塘隱士（North Pond Hermit），克里斯多福．湯瑪斯．奈特，一八六五年生，在美國緬因州北塘林間獨自生活二十七年，幾乎完全不與人接觸。

6 First Nations，用以迴避「印地安人」這樣的字眼。加拿大原住民由第一民族、因紐特人和梅蒂人組成。

第一天：下落不明。以為只是迷路，很快會找到。

第二天：依舊下落不明。州警搜尋，救援犬加入。

第三天：擴大搜尋。聖伊格納斯派出海岸防衛直升機支援，自然資源部也有地面人員和小飛機加入搜救行列。

凡此種種。

直到我媽失蹤滿一週以後，她最好的朋友才坦承，她倆那天在鐵道旁的空房子玩，有個男的跑來說他在找狗。此時，「誘拐」這個字眼第一次出現，可是當然已經來不及了。

從媽媽上報的照片裡，我看得出吸引爸爸的點：金髮、豐滿、馬尾。但豐滿的十四歲金髮女孩多得是，為什麼選她？抓人之前是不是跟蹤了很多天？好幾週？偷偷愛上她了？我媽被拐走單純就只是因為倒霉？我比較相信後者。記憶中從不見我爸媽之間有半點愛意。難道供我們吃穿就是愛的表現？我脆弱的時候，喜歡這麼想。

我們重返社會之前，沒人知道我媽是死是活。《紐伯里新聞》年年在她失蹤那天刊出報導，只是篇幅越來越小。最後四年，標題和短短的內文完全一樣：「失蹤女孩仍未尋獲。」大家對我爸的認識，就只有我媽好友的描述：個子矮矮的，瘦瘦黑黑的，留著黑色的長頭髮，穿著工作靴、牛仔褲和紅格子襯衫。當時該區人口組成大致均分為三類，原住民、芬蘭裔和瑞典裔。超過十六歲的男性個個都穿著工作靴和法蘭絨衫走來走去。她那些描述說了等於沒說。

我媽早已被人遺忘，只餘下每年報紙上的兩行字，和我外公外婆心裡的兩個洞。

然後，有一天，我爸誘拐我媽十四年七個月又兩天後，她回來了，就此開啟上半島居民前所未見、最大規模的追捕罪犯行動。那次搜捕規模一直是最大的，直到今天。

我現在的車速大約等同成年男人的步行速度，因為在這種路上必須特別專心，不能離路邊太近，免得車輪陷進路邊的沙地，一旦不慎陷入，會深至輪軸，到時候沒拖車可救不了。但這不是唯一的原因，我慢慢開是要找腳印。坐在車上當然不太可能找得到什麼線索，我爸也不太可能會在路上留下線索，但我不願掉以輕心。只要事情跟我爸有關，那麼再小心也不為過。

這條路我開過很多次，再走四百公尺有個彎處的路肩地面夠紮實，可以靠邊停車。若從那裡向西北步行四百公尺，再下一個陡坡，就會進入最大片的黑莓地。黑莓喜歡水多的地方，有條小溪流經下方，所以黑莓長得特別大。運氣好的時候，我一口氣能採到一整年果醬的量。

草莓就不是這樣了。大家得搞清楚，野生草莓跟超市裡那些來自加州的龐然大物完全是兩回事。野生草莓平均只有成人小指甲那麼大，滋味卻遠勝那些大塊頭。偶爾會有拇指尖那麼大的（若是遇到，它只會進我嘴裡，而非草莓桶），但以野生草莓來說，最大也就是那麼大了。可想而知，要想做出品質優良的草莓醬，需要很多草莓，這就是售價較高的原因。

不過，今天我找的不是莓果。

口袋裡的手機在震動。我拿出手機，看見史蒂芬的簡訊：

半小時到家。孩子在爸媽家。別擔心。

我們會渡過這個難關。愛妳，S

我停在路中央，瞪著螢幕。沒想到史蒂芬會回來，他一定是放下孩子就往回開。我的婚姻沒有結束，史蒂芬要再給我一次機會，他要回家了。

這簡訊意義太大，幾乎將我淹沒。史蒂芬沒有放棄我，就算知道我是誰，也不在乎。我們會度過這個難關。愛妳，S。每次我說錯話做錯事，總是費勁遮掩，假裝是在開玩笑，生怕他發現我不懂。現在才知道根本不用裝，過去種種都是自我設限，史蒂芬愛的是我的本質，其他都不重要。

半小時到家。他到家的時候我當然不在，或許這樣也好。幸虧沒留紙條，要是史蒂芬知道我在哪裡、在做什麼，會急瘋的。就讓他以為我出去吃早餐或買東西，或是去警局幫忙處理線索，很快就會回家吧。如果一切都照計畫走，那麼，我確實很快就會回家。

我再看一次簡訊，最後一次，然後把手機收進口袋。上半島手機收訊有多差，大家都知道。

8

小屋

維京人的妻子發現懷裡有個美麗的小寶寶，高興得不得了。但寶寶哭個不停，親吻撫摸都沒有用，手腳一直亂揮，安撫不了，直到哭累，才終於睡著。靜靜躺著不動的時候，她真是美極了。

第二天清晨，維京人的妻子醒來，驚恐地發現嬰兒不見了。她從床上跳起來，找遍整個房間，最後才看見床尾有個東西，不是寶寶，而是一隻醜陋的大青蛙。

就在此時，太陽升起，陽光照進窗裡，照到大青蛙所在的地方。突然間，牠的大嘴縮小，變得又小又紅；四肢伸展開來，直到變得很美。哎呀你看，大青蛙不見了，眼前這不正是那個漂亮的寶寶嗎！

維京人的妻子驚呼：「怎麼會這樣？莫非我做了怪夢？這不正是我的小天使嗎？」她抱起孩子親吻撫摸，但是孩子用力掙扎，還像小野貓似的亂咬。

——漢斯．克里斯蒂安．安徒生，《沼澤王的女兒》

爸爸很愛講他是怎麼找到我們那間小屋的。當時他在紐伯里北邊用弓箭打獵，鹿在中箭前一秒驚覺，所以只受了點傷。他一路追到沼澤邊，看著驚慌失措的鹿游到深處，沒入水中。正要轉身離開的時候，陽光在小屋屋頂的金屬防雨板上閃了一下。爸爸常說，若是在一年中別的季節，或是一天中別的時間，甚至只要當下的雲層分布有些許不同，就不會發現小屋。我認為他說得沒錯。

他在那地點做上記號，帶著獨木舟回來。他說，一看見小屋，他就知道，偉大的神靈帶領他去那裡，是要讓他有地方建立家庭。現在我知道這麼做是侵占空屋，但當時不覺得有什麼。我們住了那麼多年，根本沒人在乎。整個上半島有很多土地和房屋處於廢棄狀態。許多人一時突發奇想，以為自己喜歡遠離塵世，就在公有土地旁買一塊僻靜之處，蓋間小屋。或許短時間確實可行，想過簡單日子的時候就過來住住，可是過陣子總會出現阻礙：小孩、工作、年邁雙親。於是，一整年都沒去，然後兩年沒去，漸漸就不想為這塊用不到的不動產繳稅。沒人會買四十畝沼澤地外加簡陋的小木屋，除非他剛好也需要遠離塵世，這種土地往往到最後，都因欠稅而收歸州政府所有。

警方在犯罪現場蒐證完畢，媒體也退燒之後，州政府默默將我們的小屋從繳稅名單中移除。因為發生過壞事，有些人認為應該放火把小屋燒掉，但終究沒人願意承擔這個責任。

如果你想去小屋看看，沒有問題。不過可能要多試幾次才能找對支流，抵達我們的小山。那裡早被紀念品獵人搜刮一空，直到今天你還能在eBay買到某些東西，號稱是我的私人物品，但我可以告訴你，我百分百確定大多數都是假貨。雖然裡面的東西沒了，小屋、工具間、柴房、汗屋和廁所卻都還和記憶中一樣，只有廚房的牆讓豪豬咬穿了一個洞。

最後一次回去是兩年前，媽媽死後。自從有了女兒，我經常回想自己成長的環境，想看看記憶與現實是否相符。那時前廊滿是落葉和松針，所以我折下一段松枝，把它掃乾淨，接著在蘋果樹下支起帳篷，拿兩個牛奶罐裝沼澤水，然後坐在倒豎的柴上大嚼穀麥棒，聽山雀叫。沼澤在暮色將至的這一刻最靜，白天的昆蟲和動物不作聲，夜晚的生物也還沒出來。小時候，每天傍晚吃完晚飯，我就坐在小屋前廊臺階上翻《國家地理雜誌》，或是練習爸爸教我打的平結和雙套結，等星星出來。歐吉布威人的三主星是*Ningaabi-Anang*、*Waaban-anang*和*Odjiig-anang*，也就是暮星、晨星和大勺子[7]。風平浪靜的時候，你能看見星星清楚映在水裡。離開沼澤以後，我花很多時間在外公外婆家的前廊上仰望天空。

那一次我在沼澤待了兩星期，釣魚，打獵，設陷阱。我們的爐子被人拿走了，所以我只好在院子裡生火煮飯。第十三天，我發現一個有好多蝌蚪的泥塘，就想拿給瑪莉和艾莉絲看，這表示該回家了。我把行李放上獨木舟，划回停車處，一路上用心凝望一切，因為我知道這是最後一次，不會再回來了。

我知道身為母親離家兩週好像挺久的，那次回小屋去我承受極大的壓力，必須說明需要離開的原因。我已經建立了新的生活，我愛我的家庭，我沒有不開心，我想我只是隱瞞身分太久，太努力融入周遭環境。我需要與從前的我重新聯結。

那生活曾經美好，只是後來變了樣。

媽媽很少提我有記憶以前的事，我想那應該就是一輪又一輪的洗東西與餵奶吧。「一件換洗，一件穿」理論上可行，但我自己有了女兒以後，才知道寶寶的衣服一天要換三、四次，更別說換尿布了。有一次我聽見媽媽跟外婆說，她為我的尿布疹傷透腦筋。我不記得嬰兒時代有什麼特別不舒服的，但既然我媽說我整個屁股都紅紅爛爛還流血，那我也只能相信。我媽真不容易，要在戶外廁所刮掉尿布上的固體，然後在水桶裡用手洗，再放到爐子上煮。下雨天就拉繩子晾在廚房，沒雨就晾在院子。印地安人不會費事給嬰兒包尿布，我媽若是聰明人，天

---

7 Big Dipper，北斗七星。

氣暖和到我能半裸著身子跑來跑去的時候，就該跟印地安人做同樣的事。

我們的小丘沒有淡水。蓋那座小屋的人顯然打算掘井，因為院子裡有個很深的洞。但那個「井」是乾的，沒水。我爸平常用很重的木蓋子蓋住它，偶爾把我關在裡面作為處罰。或許就是井沒挖成他們才捨棄小屋。我們用的是沼澤水，從一處岩石較多的半圓形區域打水回來，周遭植物都清理掉了。那池子水夠深，能用水桶打水，不至於攪開底下的淤泥。爸爸常笑說，他提水桶上小山，一路上胳臂能長六吋。我小時候還真信。長大後分擔提水工作，就懂那笑話了。

砍木頭，拖回來，劈成媽媽能用來保持我清潔乾爽的柴，那是爸爸的工作。我很愛看他劈柴。為免礙事，他會把長髮編成辮子，天氣再冷都會脫掉上衣，皮膚下的肌肉像是夏天的風吹過印地安草。我的工作是把木頭立成一排，讓爸爸能一口氣劈很多，不用停：嘟哇喀，嘟哇喀，嘟哇喀，嘟哇喀，嘟哇喀，嘟哇喀。每塊木頭劈一下，斧頭劈下去再一扭，木頭就乾脆俐落分成兩半飛起來。不會劈柴的人死死往下直劈，以為單靠重量和動力就能搞定。但那只會害斧頭像鑿子似的卡在未乾的木頭裡，要想拔出來可就傷腦筋了。有一年，密西根天堂藍莓節的主辦者找人來辦園遊會，你知道那個拿槌子用力搥平臺，讓砝碼升到柱子頂端敲鐘就能得到獎品的遊戲嗎？所有獎品全讓我贏光光。

我們的林地在小丘下面，爸爸砍下木頭、去掉枝葉、把木頭裁成木柴的長度，我幫忙一起搬回小屋。爸爸喜歡直徑八到十吋的樹，夠小，好處理；也夠大，不劈開就可以撐一整夜不熄。小屋附近的楓樹爸爸不砍，留著取糖用。一棵大小夠格的楓樹或櫸樹大約能砍出一考得[8]木柴，我們每年所需的量在二十到三十考得之間，依該年冬天的冷度而定，所以砍樹堆柴的工作全年無休。爸爸常說，柴房堆滿柴就像銀行存了錢，可惜我們的柴房有時候不滿。冬天他會從鄰近的山丘地砍樹補貨，用鉤梃（cant hook）或木狗（log dog）加繩索，將木頭拖過結冰的沼澤。造紙的大公司在上半島到處伐木，都說樹是可再生的資源，可是我們離開沼澤的時候，小山低處的樹幾乎全砍光了。

我們費那麼大工夫收集木柴，你大概以為小屋的冬天很溫暖吧。並沒有。周遭的冰與雪至少兩公尺深，這種環境跟冰箱沒兩樣。從十一月到四月，我們的小屋從沒真正暖過。有時候室外的溫度[9]都不到零度。整夜低溫常有零下三、四十度。溫度低到那樣的時候，你一吸氣就會喘，因為冷空氣襲擊肺部會使毛細管收縮，鼻腔內的溼氣結凍，鼻毛都捲起來。我敢保證，你若沒在北方住過，絕對不明白抵抗那種深深進到骨子裡的寒冷有多麼困難。就把寒

---

8 cord，木材體積的單位，一堆木頭緊密堆疊，占三點六立方公尺。通常是一公尺寬，二公尺長，一點五公尺深。

9 這裡說的是華氏零度，也就是攝氏零下十七點八度。

冷想作一陣毒霧吧，這毒霧四面八方侵襲你，從冰凍的地平面升起，從地板和牆壁的每一道縫鑽進你家。*Kabi-bona'kan*，也就是造冬者，要將你吞沒，把你骨子裡的溫暖都奪走，直到血液結冰，心臟凍住。而你唯一能拿來與之對抗的，只有爐子裡的火。

我常在風暴過後醒來，發覺毯子上有雪，因為窗戶冷得縮出了縫，雪都進來了。我會抖掉毯子上的雪，裹著毯子跑下樓去，坐在火爐旁邊，雙手握住一杯熱熱的菊苣茶，直到有勇氣面對寒冷為止。我們冬天不洗澡……實在沒辦法洗，後來我爸建了個桑拿，這也是原因之一。我知道這聽在大多數的人耳裡很可怕，但既然不能洗衣服，那洗澡又有什麼意義？更何況只有我們三個，沒有別人，所以就算臭也沒感覺，因為大家的味道都一樣。

幼兒時期的事我記得不多，只依稀記得一些感受、聲音、氣味，多半不是真正的記憶，只是在遇到某些事物的時候有似曾相識的感覺。當然，我的童年沒留下照片，但沼澤生活遵循大自然的規律，所以填補記憶縫隙並不難。十二月到三月，是冰、雪，以及冷。四月，烏鴉飛回，幼鳥出殼。不到五月沼澤就遍地青草和小花了，但這時你還是能在大石頭的陰影下和木頭朝北的那一面看見一些雪。六月是蟲月，蚊子、黑蠅、馬蠅、鹿蠅，還有俗稱「看不見」的小黑蚊——只要是會飛會咬的昆蟲，我們就有。七月和八月，就是那些住在較南緯度的人所謂的夏天，在我們這裡還有額外的好處，我們位置夠北，所以到晚上十點都還有陽光。九月帶來第一場霜，還常見九月雪，都是小雪，因為葉子還沒完全變色，但這是惡劣天氣的前奏。也是在這個月，烏鴉飛走，加拿大雁飛來。十月和十一月沼澤冰封，然後十二月過不到一半我們就又被嚴寒深鎖了。

現在，請在腦中想像一個剛剛學會走路的幼兒做這些事：在雪裡又滾又滑；在沼澤裡撥水；在院子裡學兔子跳，學鴨和雁那樣揮動雙臂。她眼睛、耳朵、脖子和手都讓蚊子叮腫了，雖然媽媽照爸爸給的方子替她抹了自製防蚊膏（金印草根狀莖磨成泥，跟熊油混合），還是被叮得很慘，我整個童年差不多都是這樣。

我第一個真正的記憶，是五歲生日。五歲的我矮矮的，胖嘟嘟，一百二十公分高，是我媽的縮小版，但顏色像我爸。我爸喜歡長髮，所以我的頭髮沒剪過，長度近腰，大多時候紮馬尾或跟我爸一樣編成一條辮子。我最喜歡穿的衣服是連身褲配紅格子法蘭絨襯衫，他也有一套很像的。我那年的另一件襯衫是綠色的。我的熟皮工作靴跟爸爸的一模一樣，只差在沒有鋼頭，以及尺寸小。我穿上這一整套，就覺得自己總有一天能變成像爸爸那樣的男子漢。我模仿他的行為舉止，模仿他說話的習慣和走路的樣子。那不是崇拜，但也很接近了。我毫不掩飾地、絕對地、全然地愛我爸。

我知道當天是滿五歲的日子，卻沒期待和平常會有什麼不同。媽媽出乎我意料之外，烤了一個蛋糕。媽媽在儲藏室那堆罐頭、米和麵粉之中，發現了一盒蛋糕預拌粉，可以做出撒著彩虹糖的巧克力蛋糕，就好像我爸知道自己有天會生小孩。若沒必要，我是不愛進廚房幫忙的，可是盒子上的照片太吸引人，我想像不出這袋棕色的粉要怎麼變成插著彩色小蠟燭的蛋糕，還有迴旋狀的棕色奶油霜，但我媽保證可以。

「『烤箱預熱至三百五十度』是什麼意思？」那是盒子背面的使用說明，我三歲就識字。

「還有，我們沒烤箱怎麼辦？」我在《國家地理雜誌》賣廚具的廣告上見過烤箱，知道我們沒有。

「不用烤箱，」媽媽說，「用我們做餅的辦法來做就行了。」

我不禁擔心起來。媽媽用鑄鐵鍋放在爐子上做發麵餅，有時候會焦，每次都很硬，有次硬得我咬掉了乳牙。她烹飪技術差一直是爸爸的痛處，我倒不太在意，反正好吃的東西我又沒吃過，沒得比較。現在回想起來，這問題爸爸是可以預防的，拐個年紀略大一點的女孩就好。但我有什麼資格放馬後砲呢？他也算自作自受了。

我們的熊油桶放在老鼠進不去的碗櫥裡。媽媽拿塊布沾些熊油，把整個內鍋擦一遍，然後把鍋放上爐子加熱。

「『將兩顆蛋與四分之一C食用油加入混合』，」我問，「食用油？」

「就是熊油，」我媽說，「C指的是杯。我們有蛋嗎？」

「有一顆。」春天是野鴨的繁殖季，我運氣好，在三月底出生。

媽媽把那顆蛋打進粉裡，加上用錫杯裝著放在爐上預先融好的熊油和等量的水，一起打成麵糊。「『以電動攪拌器高速攪打三分鐘，或手打三百下。』」她打累了，就換我打。麵糊打好前已被我吃掉一半。彩虹糖她讓我來加，很甜，但在嘴巴裡一粒粒的感覺卻讓我想到老鼠屎。她又加一團熊油，預防沾鍋，然後把麵糊倒進去，用鑄鐵蓋蓋住鍋子。

過十分鐘她兩次制止我偷看，說掀開蓋子會烤壞，後來卻發現蛋糕的邊都黑了，中間還黏黏的。她打開柴爐，撥動柴火，讓熱度平均，又加了一根柴。這方法有效，最後的成品雖然跟照片一點也不像，但我們照樣吃光光。

鴨蛋和熊油做出來的蛋糕在你聽來或許不怎麼樣，但那是我第一次嚐到巧克力的滋味，對我而言，那是天堂。

光有蛋糕就夠了，但那天還沒完。我後來才明白我媽出於她向來很少表現的母愛，做了個娃娃給我。她用乾的香蒲塞滿我嬰兒時期的連身衣；每隻袖子插五根細枝當手指，用繩子固定位置；又拿爸爸的舊襪子包一塊木炭，畫上歪歪的笑臉當頭。沒錯，那個娃娃就是這麼醜。

她把娃娃放到我面前的桌上，我邊舔盤子裡的蛋糕屑，邊問：「這是什麼？」

「這是娃娃，」她靦腆地說，「是我做的，給妳。」

「娃娃。」我確定這字眼我是第一次聽到。「幹嘛用的？」

「妳……可以跟它玩。幫它取名字，假裝它是寶寶，妳是媽媽。」

我無言以對。我很會假裝，但要假裝是這無聊東西的媽，還真超出能力範圍。幸虧爸爸跟我一樣覺得荒謬，大笑起來，讓我好過一點。

「來，赫蓮娜。」他站起來伸出手。「我也要送妳禮物。」

爸爸帶我走進他們的房間，把我舉起來放到高高的床上，讓腿懸在床邊。通常我是不許進這房間，所以爸爸趴下去時我滿懷期待，開心地晃腳。他從床底下拖出一個棕色皮箱，那箱子有棕色把手，鑲著閃亮的金邊。看得出箱子很重，因為他拿起箱子時悶哼一聲，而且箱子放到床上的時候床震了一下，還跟我之前在床上蹦跳的時候一樣發出吱聲。當然，在床上蹦跳是違規行為啦。爸爸從鑰匙圈上挑出最小的一把鑰匙，插入鎖中，鎖發出清脆的聲音，打開了。他掀開蓋子，把箱子轉過來讓我看裡面的東西。

我倒抽一口氣。

箱子裡滿滿都是刀。長的。短的。瘦的。胖的。木頭刀柄的。骨頭刀柄上雕花的。折疊刀。看起來像劍的彎刀。往後爸爸會把這些刀的名字都告訴我，還會教我怎麼用這些刀打獵、格鬥以及自衛，但在這個時候我只是心癢難耐，想伸手去摸，想摸遍每一把，感受金屬的冷，木頭的滑，刀鋒的銳利。

「來，」他說，「挑一把。妳現在是大女孩，身上可以帶自己的刀了。」

我身體裡瞬間燒起一把火，跟我們的炭爐一樣熱。我從有記憶以來就想要一把刀，卻不知道爸媽床下竟有這樣的寶藏，也沒想過爸爸有天會把寶藏分給我。我朝門口瞥一眼，媽媽雙臂叉胸，皺著眉頭，顯然不贊成。我在廚房幫忙的時候，凡是鋒利的東西都不許碰。我再望向爸爸，突然間明白了一件事情，我不用聽媽媽的話，再也不用了。只要爸爸說我夠大，可以有刀，我就能有自己的刀。

我回頭看盒子，仔細看過每一把刀，看了兩次，然後伸出指頭。「那一把。」那把刀的護手是金色的，握柄是有光澤的深色木頭。我特別喜歡皮鞘上凸起的葉子花紋。它不是小刀，爸爸說我現在是大女孩了，但我知道我還會繼續長大，我想要一把長大以後用得更順的刀，不要長大後會嫌小的。不要像我房間角落那些舊衣舊褲，穿不下就不穿了。

「選得好。」爸爸拿起那把八吋雙刃刀，像國王給騎士授劍似的。我後來才知道那叫鮑伊刀。當時我伸手要接，卻又停住，因為爸爸愛玩一種把戲，先假裝要給我東西，等我要拿，又收走不給。我覺得那玩笑我現在開不起，我會受不了。他微笑點頭，在我猶豫時給予鼓勵，這也常是那遊戲的一部分。

但我真的很想要那把刀。我不能沒有那把刀。我火速抓住刀，讓他來不及反應，緊抓住刀藏到身後，就算要打一架也在所不惜。

爸爸大笑。「沒事的，赫蓮娜，真的，那把刀是妳的。」

慢慢地，我把刀從身後拿出來。看他嘴咧得更寬，手垂在身側，我才放心，確定這把美麗的刀真的屬於我。我拔刀出鞘，在手上翻來覆去，舉起來對著光看，又放在腿上。那刀的重量、大小、形狀和觸感都告訴我，我做了正確的選擇。學爸爸用大拇指摸刀刃測試利度時，讓刀劃出了血。不痛。我把指頭放進嘴裡，望向門口，媽媽不在那裡了。

爸爸鎖上盒子，放回床底下。「穿外套，我們去檢查捕獸圈套。」

我好愛爸爸，聽他這麼說，就更愛了。爸爸每天都在上午檢查他設的狩獵陷阱，現在快傍晚了還要去，顯然是專程讓我試刀，我好感動，心都快要爆炸，為了他我做什麼都行，要我死都可以。我知道他也一樣，為了我可以做任何事。

我趕緊在他改變心意前穿戴好冬天外出的裝備，把刀放進外套口袋。走路的時候，刀就在我腿上拍呀拍的。我們在小山的山脊上放了一整排圈套。小徑兩旁的雪跟我差不多高，所以我在爸爸身後跟得很緊。我們不會走遠，天空、樹和雪都變成傍晚那種藍色了，*Ningaabi-Anang*在西方天邊閃爍。我向偉大的神靈祈禱，拜託拜託拜託，在我們必須回家之前，給隻兔子吧。

但 *Gitche Manitou* 考驗了我的耐心，神靈有時會這樣。頭兩個陷阱沒抓到東西，第三個陷阱裡的兔子死了。爸爸把兔子脖子上的圈套解下來重新設好，把僵硬的兔屍丟進麻袋，指著昏暗的天空說：「赫蓮娜，妳說，我們是繼續走，還是回頭？」

這時暮星已經有了不少伙伴，空氣越來越冷，風吹得像要下雪，我臉好痛，牙打顫，眼睛溼溼的，鼻子麻木了。「繼續走。」

爸爸不發一語轉身前進，我辛苦地跟在後面，連身褲溼溼硬硬，腳也沒感覺了。但是，一到下一個陷阱，我就把結冰的腳趾忘得一乾二淨。這隻兔子是活的。

「快點。」爸爸脫下手套，朝手上呵氣取暖。

有時遇到兔子像這樣後腿被套住，爸爸會把牠倒抓起來甩，用牠的頭去打樹。要不然就是割喉。我跪在雪裡，兔子不知是嚇得還是冷得僵在那裡，但絕對還在呼吸。我拔刀出鞘，對天空和星星輕聲說：「謝謝。」然後一刀劃過兔頸。

血從傷口噴出，噴到我嘴上、臉上、手上、外套上。我尖叫一聲，急忙起身，馬上醒悟，知道自己錯在哪裡。我對第一次殺獵物太過渴望，忘了要往旁邊站。我挖起一把雪擦外套，大笑起來。

爸爸也笑了。「別擦了，回去妳媽會處理。」

爸爸跪下來，伸出兩根手指在兔子身上沾了沾血，溫柔地拉我過去。「*Manajiwin*，」他說，「尊重。」托起我的下巴，在兩頰各抹一下。

他往回走，我也拾起兔子往肩上一甩，跟著走上回家的路。寒風吹皺臉皮，血也乾了。我笑了。我是獵人，是戰士；是有榮譽、值得尊重的人；是屬於荒野的人，跟爸爸一樣了。

媽媽一見到我就想給我洗臉，可是爸爸不准。她先洗掉我外套上的血，再烤我的兔子做晚餐，配菜是水煮竹芋塊莖和新鮮蒲公英沙拉。我從來沒吃過這麼棒的一頓飯。

多年後，州政府賣掉許多我爸收藏的刀，用來支付他打官司的費用。但我的刀還在我這裡。

9

五歲生日那天爸爸給我的刀，是納切茲冷鋼鮑伊刀，現今零售價格將近七百美金。它是最好的格鬥刀，形狀完美，配重均衡，很好施力；刀鋒非常銳利，砍東西不輸斧頭，削東西不輸匕首。

爸爸用來逃獄的刀，是用衛生紙做的。我聽到時很意外。依他的喜好和專業程度來看，我以為會用金屬刀，而且有足夠時間能做出來。我想他之所以決定用衛生紙，是覺得把清白單純的原料變成殺人武器荒謬有趣。囚犯製作銳器多有創意，你可能難以置信：在牢房的水泥牆或地板上磨利塑膠湯匙和牙刷，再裝上廢棄刮鬍刀；用牙線當線鋸，花幾個月時間從鐵床架上鋸出一把刀。但我還真沒想到衛生紙也能拿來殺人。

Youtube上有段影片教你怎麼做。首先，把衛生紙緊緊捲成錐狀，用牙膏作為黏合媒介，功能像是混凝紙漿中的膠。然後把它壓成你想要的樣子，用層層衛生紙壓出合手的握柄，直到滿意為止，放著等它變乾變硬，再跟普通刀子一樣磨利，你就有了致命的武器。它還附加一個好處，因為是生物可分解的材料，事成以後可以丟進馬桶，軟化後沖掉。

我爸那把刀留在犯罪現場，刀的任務已經完成，人的罪行大概也不需否認了。新聞報導說，那把刀十五公分長，雙刃，刀柄和護手染成棕色，是用什麼染的我不想知道。對於刀型我並不意外，他向來很愛鮑伊刀。

新聞裡說得不多，除了警察提供的兇刀特徵之外，只說死了兩名獄警，一人死於刀下，另一人是槍殺，身上的武器和我爸一起消失無蹤。沒有目擊證人，若不是沒人看見運囚車在大馬路上撞進溝裡，就是沒人想在我爸逃獄成功的狀況下當目擊證人。

像我這麼了解我爸的人，其餘細節用想的就知道。逃獄的事他肯定計畫了很久，可能有好幾年，跟他誘拐我媽的計畫一樣。首先要做的，就是把自己變成模範犯人，跟負責押送囚犯往返監獄和法院的獄警打好關係。逃獄成功大多都跟人為疏失有關——獄警認為某個囚犯不危險，就沒給手銬上雙重鎖；或是犯人身上藏了鑰匙，搜身時沒搜出來。問題囚犯會招來特別嚴謹看管，所以我爸一定會想辦法讓他們以為他這個人不惹麻煩。

馬凱特監獄到盧斯縣法院將近一百六十公里，行車時間很長。我爸這種心理變態可以很有魅力，我能想見他跟獄警聊天，盤算對方對哪些話題有興趣，一點一點吸引他們注意，就跟當年騙我媽說他在找狗一樣。我小時候他也這樣玩我，不著痕跡地讓我徹底與媽媽對立，讓我以為媽媽不在乎我，諮商好幾年才調整過來。

我不知道他怎麼把刀從監獄帶上運囚車。可能是縫在囚服腹股溝的位置，獄警搜身沒拍到。也可能藏在書脊裡，這時候小一點的刀就比較好用。我爸有個特點大家一定要了解，他絕對不會半途而廢。還有一點，就是他很有耐性。我確定他沒把握不會輕易出手，會先放過所有逃脫機會，直到合適的狀況出現為止。天氣不好、獄警心情差、獄警警覺度特別高、刀子狀況未臻完美，這些狀況下他都會放過機會，因為他不急。

昨天，天時地利人和。我爸成功夾帶刀子離開牢房，藏進囚車後座縫隙，等回程才動手，因為警衛忙完一天很累，而且離黃昏近些搜索就難些，還有，回程車向西行，大家都知道面對夕陽開車有多麼容易分心。

我爸癱在後座，假裝打瞌睡，這條路他很熟，閉著眼睛也知道身在何處，但他做事絕不碰運氣，所以隔幾分鐘眼睛就微睜一下，確認車子開到了哪裡。他們經過恩格戴，開過四角路口，開上山坡，穿過麥克米蘭小小的市區，經過幾間房子和麥克基尼斯農場，朝著國王溪開下山坡，再上坡，經過廢棄的陶器廠和七〇年代一對嬉皮蓋的小木屋，經過丹納赫路，再下一個小山坡，再上一個小山坡，才終於進入狐河橋西邊的沼澤區。我爸一見沼澤，脈搏就加速，但他很謹慎，不會讓人發覺。

車子不停往前開，穿過了西尼。或許開車的人問過另一名獄警要不要上廁所，或許認為伙伴自己會說所以沒問。沒人在意我爸，但這次他不在乎。他稍微挪動一下位置，往前挪了一點點，用鼾聲作掩飾。他伸手從座椅縫隙摸出預藏的刀，夾在戴著手銬的雙手間，刀尖向著自己，這樣方便從上而下襲擊。他又往前挪了一點。

從西尼往西再開十五公里，就在過了與德河平行通往保護區的德河路後，我爸猛衝向前，可能像士兵似的發出怒吼，也可能像刺客似的安靜無聲，但無論如何，刀刺進獄警的胸膛，深深刺穿肌肉，刺入右心室，切開了隔膜。那人的死因不是失血過多，而是血液積聚在心臟周遭，心臟受到壓迫而停止跳動。

獄警太過驚訝，沒有叫喊，還來不及意識到自己即將喪命，槍已被我爸奪走。我爸開槍打死司機，運囚車開進溝裡，事情就搞定了。他先確認兩名獄警都死透，搜出手銬鑰匙，爬到前座，然後下車，躲在車後看清楚路上沒人，才開始往南走，一路上故意踩踏路邊的草，給搜捕人員留下清楚的線索。

就這樣走了一公里路後，他走進德河裡，但沒多久又在同一側上岸，因為水越來越深，再走就得游泳，而且他只要搜捕隊相信目的地是野生保護區就好，並不想出太大的難題。他在這邊折個蕨類，那邊斷個樹枝，留下隱約的腳印，讓搜捕人員誤以為他們比較聰明，能在入夜前追到他。然後，爸爸就在最有利的時間點沒入沼澤，如晨霧一般蒸發了。

我認為他就是這麼做的。因為，假如換作是我，也會這麼做。

▼

離我想查看的第一間木屋還有一公里路的時候，藍波發出哀鳴，我知道這聲音是想下車。我不想停車，但牠開始扒扶手，在座椅上轉圈，我不得不停車。最近牠越來越不能憋尿，不知道問題出在年紀還是欠缺運動。普羅特獵犬的壽命在十二到十六年之間，所以八歲也不年輕了。

我拿出置物箱裡的槍，插進牛仔褲前面的口袋，一打開副駕車門，藍波就像子彈似的飛出去。我沿著路邊慢慢走，尋找有人經過的蹤跡。並沒有像樹枝勾著橘色碎布那麼明顯的線索，倒是有一個網球鞋的鞋印。當年爸爸說，如果我們的小山突然出現外人，我和媽媽就得走進沼澤，滾上一身泥，然後原地等候，等他說可以安全回家為止。我確定爸爸的囚服現在一定也做了類似的保護色。

從樹木稀少和低矮灌木茂盛這兩點看來，我敢說這一區的樹是十年前砍光的。現在只剩藍莓和赤楊。伐木工人留下的灌木叢和現成的食物來源使這裡成為熊隻出沒地，難怪藍波會以為我們是來獵熊的。

我穿到對面沿原路走回。我很小的時候爸爸就教我追蹤，在我出去玩的時候布置線索，然後陪在旁邊看我解題，在我錯過線索的時候加以提醒。有時候任我隨意晃蕩，一路上指出有趣的事物給我看。動物的糞便堆。紅松鼠獨特的痕跡。林鼠窩的出入口有羽毛和貓頭鷹丸[10]爸爸還會指著動物糞便問我：「負鼠還是豪豬？」這一題可不好答呢。

最後我終於懂了，追蹤很像閱讀，那些痕跡是字，連字成句就能看出故事，看出經過的動物在生命中發生的某個事件。比如說，遇到鹿躺過的一個坑，倘若那個坑的位置在突出於沼澤的某個小島或類似的高地上，便於鹿兒觀察周遭環境，那麼我首先會看坑的狀況，推測使用次數的多寡。如果草都磨掉了，露出土來，那就表示它是主要居所，也就是說這隻鹿很有可能回來。接著我會推測鹿趴臥時面向哪裡，公鹿多半會背對著風。知道那隻公鹿會在何種風向時使用這個地方，我就可以在吹那種風的日子回來，開槍獵這隻鹿。痕跡說的就是這一類故事。

有時候爸爸會自己扮演獵物，讓我蒙著眼坐在廚房椅子上等他溜出家門，而且是背對窗戶坐，才不會忍不住偷看。等我數到一百之後，媽媽會拿下蒙眼布，讓我去追。後門外沙地上的足跡層層疊疊，很難判別哪些是他的。我會蹲在最下面的臺階上，仔細研究每一個腳印，弄清楚最新的是哪幾個，因為若在起步時選錯路，就永遠找不到他，而他走多遠、藏多久以及當天心情如何，就會決定我得在井裡面沉思冥想多長的時間。

有時爸爸會從廊上跳下去，跳進草堆或石頭上，提高這遊戲的難度。有時會脫掉鞋子，只穿襪子或連襪子都不穿，踮腳走路。有一次他穿媽媽的鞋，騙倒了我，我倆笑得要命。離開沼澤以後，我發現好多爸媽玩遊戲都故意輸給小孩，好讓他們建立自信。我爸不會，他從來不放水，我也不希望他讓我。那樣子我怎麼學得到東西？至於自信嘛，每次成功獵殺爸爸，我都會笑好幾天。當然不是真的殺他，但遊戲的結局永遠是我開槍打他腳邊的泥地，或頭旁邊的樹幹樹枝。在我連續獲勝三回之後，爸爸就不玩了。多年後老師讀一篇名為《最危險的遊戲》短篇小說給我們聽，就很像從前跟爸爸玩的那樣，不知道他的靈感是不是來自這篇小說。我當下很想告訴班上所有人，說我知道同時身為獵人和獵物的感覺，但那時我早已學到教訓，知道沼澤生活說得越少越好。

有輛警車停在路邊。說得精確一點，是輛阿爾捷縣的巡邏車，最近新聞裡介紹過這款警車，白色車身上有一道黑色條紋，側邊有黑色加橘色的標誌，前保險桿裝了防護架，上方有警示燈。這車又新又亮，看起來就好像第一次上路。

我放慢車速。現在有兩種做法可選。一是佯裝不知為何有警車會停在這種鳥不生蛋的地方，讓警察把我攔下來，然後拿車後的釣具當幌子。警察查我車牌和駕照的時候，也許會認出我的名字，知道我和爸爸的關係，也許不會。無論會與不會，他頂多只能勒令我回家乖乖待著，以策安全。

---

10 貓頭鷹將獵物整個或大塊吞下，皮毛、牙齒、骨頭之類的部位無法消化，成團吐出，通常每天吐一粒，這東西就叫做 owl pellet。

另一種可選的做法，是跟警察說我聽見逃獄的新聞，所以不釣魚了，正要回家。第二種做法能讓我有機會探聽搜索狀況，說不定能獲得有用的消息。如果聊久一點，說不定還能偷聽到警用對講機裡的對話。

接著我發現不用選了。巡邏車上沒人。

我把車停到路邊。除了車上對講機靜電干擾的聲音以外，林子裡很靜。我從架子上取下魯格步槍，從置物箱拿出麥格農手槍，四下掃視了一會兒，蹲下來研究路上的腳印。只有一組。從鞋子尺寸看來，是男性；從腳印深度看來，體重介於八十到八十五公斤之間；從步伐間距看來，他移動得極其小心。

我跟著腳印走，腳印沒入路旁的草木中。斷裂的蕨類和塌陷的草顯示那警察當時在跑，我對著他留下的痕跡仔細研究半天，判定他認為自己發現了搜查目標，而且是朝著那目標跑去，而非逃離。

我將魯格槍甩到肩上，雙手握住麥格農手槍，舉在前方。多虧我穿的莫卡辛鞋走路無聲，也多虧爸爸訓練有方。

足跡穿過白樺和白楊樹林，前方是很陡的山溝，我走到邊上往下看，溝底有具屍體。

10

小屋

過沒多久，維京人的妻子就明白這孩子問題何在了，她被很強的術士施了法，白天外表迷人得像光明天使，脾氣又野又壞；晚上外表是醜陋的青蛙，沉默可憐，雙眼充滿哀愁。她有兩種天性，隨著日光的有無交替顯現。在白天，這孩子的形象像媽媽，性格像爸爸；天黑之後恰恰相反，外表遺傳父親，內心則和母親一樣。

——漢斯．克里斯蒂安．安徒生，《沼澤王的女兒》

對我而言，《國家地理雜誌》集多重角色於一身，既是我的繪本，是我的幼兒讀物，也是我歷史、科學和世界文化的教科書。即便學會了閱讀，我依然花很多時間去看那些圖片。我最喜歡的一張照片，是澳洲內陸某處一個光著身體的土著寶寶。她有糾結的紅棕色頭髮、紅棕色皮膚，屁股下面坐的泥土地也差不多是那個顏色。她嚼著樹皮，笑得像佛陀，好胖好開心，誰都看得出在那個當下她心滿意足，什麼都不缺。看著那張照片的時候，我總愛幻想那嬰兒就是我。

澳洲土著寶寶照片是我的最愛，其次的幾張是巴西雨林裡的亞諾馬米部落。那些媽媽有直瀏海和刺青臉，腰部以上全裸，不是在餵奶，就是把孩子抱在腰間，臉頰和鼻子插著有羽飾的細竹。男孩腰上繫著沒有遮住男性器官的纏腰布，肩上背著用弓箭獵回來的死猴子和色彩鮮豔的鳥。男孩女孩都抓著跟手臂一樣粗的藤蔓，盪進河裡。書上說那河是黑凱門鱷、森蚺和紅腹食人魚的家。我喜歡假裝那些勇敢的野孩子是我的兄弟姊妹。天氣熱的時候，我會把衣服通通脫光，在身上用沼澤泥作畫，腰上繫條繩子，在小山上到處跑來跑去，揮舞弓箭。那弓箭是我用柳條做的，太幼嫩太有彈性，連隻兔子都射不倒，但反正是假裝的，無所謂。我把媽媽做的娃娃用手銬掛在柴房當練習用的靶子。大多時候箭都只會彈開，偶爾會有一支能扎進去。媽媽不喜歡我不穿衣服，但爸爸無所謂。

我把雜誌上的照片撕下來，藏進上下床墊之間。媽媽很少進我房間，爸爸更是從不進來，但我一點風險也不想冒。還有一本雜誌也藏在床底下，主題是維京人在新世界的第一個屯墾區。維京人的一切我都愛。書上有維京人屯墾生活的模擬圖，看起來跟我的生活很像，只不過他們的屋頂是草皮做的，人比我們多。晚上爸爸升起火爐，我會在能忍受的範圍盡可能坐得離火近些，仔細看他們找到的工藝品，包括人骨，直到爸爸決定我們該睡了為止。

我愛看書，但僅限在下雨天或晚上的火爐邊。我特別愛我的詩集，那些對晨霧、黃葉和冰凍沼澤的描述特別能引起我共鳴，就連詩人的姓都恰到好處，佛洛斯特。[11]當時我懷疑佛洛斯特這個姓是假的，跟我假裝維京人的時候自稱「無畏的赫爾嘉」一樣。爸爸拆掉那本書的封面，把內頁放進戶外廁所時，我真心難過。媽媽說我們從前有過真的衛生紙，若此話不假，那也是很久以前的事，因為我不記得了。《國家地理雜誌》太硬太光滑，誰都不喜歡，但還是堪用。

要是我早點知道那本詩集有天會消失就好了，那我就會努力多背一點。直到今天我還記得片段：樹林又暗又深真可羨……夕陽照亮夜半天空……黃色樹林裡兩條岔路，我選了較少人走的那一條。

艾莉絲上學前也自己摸索著識了字，或許是遺傳我。

我知道我童年的某些面向會讓某些人很不舒服。比如說，不打獵的人得知我六歲就跟爸

11 Robert Lee Frost，frost在英文是霜的意思。

爸學射擊，會感到不安。但我媽對這件事並不反對，在密西根上半島，打獵簡直是種信仰。狩獵季節的第一天學校就放假，好讓老師和學生都能去獵鹿。各行各業大多休息，少數持續運作的也只留下必要的工作人員。所有年紀夠大的人都拿起步槍前往獵鹿營地打獵喝酒，玩尤克和克里比奇牌，參與為期兩週的「今年最大鹿死誰手」慶典。麥基諾克橋收費站的人會計算有多少鹿躺在車上從上半島去了下半島，並即時公布。加油站和超市將胡蘿蔔和蘋果裝成五十磅一袋，賣給獵人作為誘餌，那些鹿多半是這樣來的。你或許猜得到我對此事的看法。

我們年年都聽見他們的槍聲，在十一月狂熱的兩週裡，日復一日，從日出到日落，偶爾還遠遠傳來電鋸聲，不是我爸的電鋸。爸爸說那是白人的「狩獵季節」，白人只有在那兩週裡才能獵鹿。我為那些白人難過，不知道規則是誰訂的。如果有人違規，會不會被關進井裡，像我不乖的時候被爸爸關進井裡一樣？我們平常想獵鹿就獵鹿，要是被白人發現怎麼辦？爸爸說，因為他是美國原住民，所以白人的狩獵規定在他身上不適用。這讓我好過了些。

爸爸每年冬天獵兩隻鹿，一隻在混亂過後的十二月中，一隻在初春。我們光靠魚和蔬菜就能過活，但爸爸認為食物要多樣化才好。除了自己跑來變成我家客廳地毯的那隻黑熊以外，我們獵過的動物只有鹿。我們只有一支步槍，彈藥也得省著用。設圈套可以捉住兔子。爸爸會抓麝鼠和水狸，後腿和板筋都可以吃。我會用飛刀射松鼠和花栗鼠。我第一次射中花栗鼠的時候，在院子裡烤了吃掉，因為印地安人講究不浪費。但那些小骨頭上的肉實在太少，之後我就懶得吃了。

爸爸在柵欄上擺了一排十個罐子，我若能一個不漏打掉，他就帶我去獵鹿。爸爸願意用我們寶貴的彈藥來教我射擊，可見這有多麼重要。他沒想到我學得這麼快，但我自己一點也不驚訝。第一次拿起爸爸的步槍，我就覺得順手，覺得它像我眼睛和手臂的延伸。九公斤重的雷明登七七〇步槍對六歲小孩來說有點重，但我在同齡小孩中算是個頭大的，而且挑水把我練得很壯。

我達成了爸爸的要求，可是幾星期過去，一直沒有下文。我們捕魚、設陷阱和圈套來抓動物，而爸爸的雷明登步槍始終安全地鎖在儲藏室裡。那圈鑰匙掛在爸爸的腰帶上，響來響去。我只知道有一把能開儲藏室，不知道別把是幹嘛的，我們家又不鎖門，我想他只是喜歡整串鑰匙的聲音和重量吧。身上鑰匙多，表示你是重要人物。

我頭一次看見儲藏室裡面有多少食物的時候，覺得足夠養一支軍隊。可是爸爸說，罐頭用一個就少一個，無法補充，所以要盡量省著用。他只准媽媽每天開一個罐頭，有時候媽媽讓我開。今天玉米醬，明天青豆，再來就是康寶番茄濃湯。我當時還不知道濃湯裡加的不只是水，還有牛奶。無聊的時候，我會數剩下的罐頭，以為所有罐頭用完以後，我們就會離開。

每次問爸爸什麼時候要去獵鹿，他都說好獵人要有好耐性，還說我每問一次就會讓這事延後一週。我才六歲，一時之間沒聽懂，懂了以後，就不問了。

第二年春天某天早上，爸爸打開儲藏室，走出來時肩上扛著步槍，口袋裝著彈藥，這一天終於到了。我不等他開口，就把冬天的外出服穿戴整齊，跟著他出門。走在結冰的沼澤上，呼出的氣彷彿一朵朵白雲。媽媽討厭冷天出門，我卻愛在冬天探索沼澤。沼澤結冰就好像陸地擴張，非常神奇，我想走到哪裡都行。這裡那裡都有結冰的香蒲頭露在雪上面，提醒我正走在水上，下面有青蛙和魚在睡覺。我閉嘴像西班牙鬥牛那樣擤出兩道鼻涕，然後彎腰把鼻涕擤進雪裡。

我們走在雪地上，踩出嘎吱聲。雪在不同溫度下發出的聲音也不同，腳下這種嘎吱聲表示現在非常冷。對打獵來說是好日子，因為鹿會窩在一起取暖，不會到處覓食；也是壞日子，因為腳步聲太吵，不容易悄悄靠近。

有隻烏鴉在叫。爸爸指著一棵遠處的樹告訴我，烏鴉的印地安名字是安德克（aandeg）。我視力很好，可是烏鴉黑色的身體巧妙融進樹枝間，若不是叫聲洩密，我想我根本不會發現。我心頭暖暖的，好佩服爸爸，關於阿尼什納貝（Anishinaabe），也就是原住民，和沼澤的一切，爸爸無所不知。他知道要怎麼找出鑿釣魚洞的最佳地點，知道魚會在一天中的哪個時候咬餌，還知道該怎麼測試冰的厚度以防掉進水裡。他若想當巫醫或薩滿，絕對沒問題。

前方出現一個被雪覆蓋的土堆，我認出那水狸窩是爸爸設陷阱的地方。爸爸蹲下，用土堆遮擋聲音，低聲對我說：「我們在這裡開槍，用水狸窩作掩護。」

我慢慢伸出頭，看見水狸窩周圍有許多雪松，卻沒看見樹下有鹿。失望的感覺刺痛我眼睛，我想起身，爸爸拉住我，把手指放嘴上，指指前方。我瞇著眼努力看，好不容易才看見鹿呼吸出來的白霧。原來鹿躺在雪松下面，身上地上樹上都是白雪，很難發現，但我找到了。爸爸把步槍交給我，我瞄準時看得很清楚，還將鹿群掃視了一遍。有一隻沒跟大家躺在一起，體型特別大，是雄鹿。

我脫掉手套丟在雪地上，關掉保險，輕輕扣住扳機。我能感覺到爸爸的目光，腦中聽見他指示：「手肘放低，用來支撐的手往前一點，撐在槍托下面比較好掌控。看仔細。一定要盯緊妳射過的鹿，不要預設自己完全沒打到。」我屏息扣下扳機，肩上的槍撞得我好痛，但沒有捱爸爸打那麼痛。鹿群散開，我雙眼緊盯住我那一隻。射中心或肺的鹿會跳起來全速逃跑，射中肚子的會垂著尾巴駝著背跑走，我的鹿兩者皆非，我這一槍乾淨俐落。

「來。」爸爸起身讓到一旁，讓我帶頭。雪高過膝，我穿越雪地走到鹿屍旁邊，這隻雄鹿還張著眼，血沿著脖子往下流，舌頭垂在嘴邊。我的雄鹿沒有角，可是一年中的這個時候雄鹿沒角是正常的。他的肚子很大，這才重要。

然後，雄鹿的肚子動了。動得不厲害，只是一點波動，或是顫抖，就像我爸媽在被子下面滾動。起初我以為鹿沒死，接著想到，你有時也能看見森蚺活生生吞下肚的獵物在肚子裡動。可是鹿不吃肉，那就不知道是怎麼回事了。

「抓住腿。」爸爸把我的雄鹿翻成仰臥姿勢。我過去抓住牠兩條後腿，穩住鹿身。爸爸用刀小心劃開白色的毛皮，將鹿開膛剖腹。切口打開之後，出現一隻小小的蹄子，然後又一隻，我這才發覺我射死的這隻鹿不是公的。爸爸從母鹿肚子裡取出小鹿，放在雪地上。小鹿應該本來快出生了，因為我爸切開羊膜的時候，牠踢個不停，好像想站起來。

爸爸把小鹿壓在雪上，露出脖子。我拔出我的刀，還記得要往旁邊站，血才不會往我身上噴。爸爸當場處理了母鹿，我也照他指示處理小鹿：「找到胸骨，摸出胸骨和肚子的交接點。好，現在從胸骨割到後腿分岔的地方。慢慢來。刀要穿過皮和膜之間，不要刺穿腸子。很好。現在把腸子像這樣拉出來，從兩腿間開始，慢慢往上，一邊拉，一邊割開把內臟連在脊椎上的膜。現在割開肛門旁邊的皮，把大腸拉出來。很好。好，就這樣，搞定了。」

我們用雪把手和刀弄乾淨。我在外套上抹乾雙手，戴上手套，得意地低頭看看被我去掉腸子的小鹿，這鹿太小，頂多能吃一兩頓，但牠的皮看起來夠讓媽媽給我做一雙斑點手套。

爸爸把冒著熱氣的內臟堆到一處，安德克與朋友嘰哩呱啦在樹上等我們離開，爸爸輕而易舉將我的母鹿背到肩上，我依樣背起小鹿，小鹿好小，好輕，我跟著爸爸走回小屋，幾乎感覺不到牠的重量。

後來，媽媽花了好幾週時間幫我做那雙連指手套，過程中需要大量拉扯磨擦。原住民婦女以前會用咬的讓皮變軟，但我媽的牙沒那麼好。媽媽來回磨那塊小鹿毛皮，來來回回在木頭餐椅上一小區一小區地磨，這一區磨完，再磨下一區。

爸爸鞣製這塊鹿皮時沒把毛去掉，因為小鹿的斑點只在毛上。他用小鹿的腦來鞣皮。我們也可以採用印地安方式，把鹿皮用石頭壓在冷冷的溪水裡，靠水和時間的力量去除鹿毛，反正我們不吃鹿腦，留著也是浪費。每隻動物腦的大小都正好夠鞣製牠的皮，這事告訴我們，偉大的神靈真的知道自己在幹什麼。你要先把毛皮上的殘肉刮乾淨，皮面向上攤在地上或地板上，然後用鹿腦加上等量的水一起煮，攪成油油的液體，抹一半上去。重點是要確保那塊皮之前浸水浸得溼度合宜，如果太乾，鹿腦無法滲進鹿皮；如果太溼，鹿腦要滲進去也沒有空間。抹好之後，將鹿皮捲起，在動物碰不到的地方靜置一夜，第二天打開來再抹一次，再放一夜。然後刮淨鹿毛，清洗鹿皮，接下來進入軟化步驟，也就是我媽接手的時候了。

我知道到現在為止我都沒怎麼提到媽媽，我不知道該說什麼。老實說，成長過程中我不太關注她，頂多就是閒晃餓了想想她今天會做什麼晚餐。她就只是在那裡，在背景裡，做大自然交付給她的任務，生下我，照顧我吃穿。我知道那樣對她並不公平，那種人生並不是她想要的，但我認為沼澤生活也沒她說的那麼糟，她也有快樂的時候。我說的不是偶然的瞬間，不是春天傍晚看見鼬鼠一家經過院子她露出的笑容，而是真正快樂的時候，是她走出自己，由上往下客觀看自己，心想「此時，此刻，這樣很好」的那種時候。

我相信她在園子裡工作的時候就是這樣的。小小年紀的我都看得出來，媽媽鋤地、除草和收割時肩膀比平時挺，有時候還會聽見她唱：「女孩，我會永遠愛妳……女孩，請別離開……」當時我以為歌詞中的女孩是我，離開沼澤以後，在她時光膠囊般的臥室看見牆上貼滿四個深色頭髮白T恤破牛仔褲的男孩海報，才知道那歌是一個「男孩團體」唱的。他們不是兒童，卻自稱「街頭頑童」。我一直以為那是我的歌，但比這個真相更驚人的，是媽媽居然曾把最愛的照片掛在牆上。

我媽對蔬菜的執著近乎盲目狂熱。我始終不懂她怎麼會對豌豆和馬鈴薯有那麼大的熱情。每年春天地上的雪一開始融化，她就戴上帽子、圍巾和手套，拿鏟子出去翻土，彷彿把下面的冰翻到上面來讓太陽曬，就能加速進程似的。

媽媽的菜園很小，用兩公尺高的鐵絲網圍著，長和寬都不到五公尺，可是拜剩菜堆肥之賜，產量不小。我不知道媽媽怎麼會知道堆肥能把小山上的砂壤變成沃土，也不明白她怎麼會知道某些作物能取種子留到下一年春天再種，以及某些紅蘿蔔需要在土裡過冬，第二年才能完成生長過程。我覺得不是爸爸教的，他是獵人，不是農夫；應該也不是從我外祖父母那學到的，後來我們住在一起時他們從未對園藝顯露半點興趣。他們不需要種東西，去超市就可以買到新鮮蔬菜。或許媽媽對作物的知識也是從《國家地理雜誌》學的。

媽媽的作物有生菜、蘿蔔、豌豆、南瓜、玉米、包心菜和番茄。我不知道她為什麼要花力氣去種番茄，我們的生長季節太短，番茄剛要開始變紅，摘果子的時候就到了。無論多小多生嫩，都得趕在第一場霜之前摘下，經霜就爛。媽媽會把番茄用紙個別包好，散放在菜窖地上等它們變熟。其中九成很快變爛。玉米也沒什麼成功的機會，浣熊很會算時間，總是在玉米成熟的前一天或前兩天半夜偷襲，世上沒有任何圍欄能夠阻擋。

某年夏天，有隻土撥鼠挖洞越過鐵絲網，把我媽所有的紅蘿蔔掃光。她難過得像是有人死掉。我知道這意思就是我們從此再也吃不到紅蘿蔔，可是根莖類蔬菜又不是只有一種，例如竹芋也不錯呀。印地安人叫竹芋 *wapatoo*，我爸說，印地安人採收 *wapatoo* 都是光腳走進泥地用腳趾頭去拔。我不是每次都能分辨我爸是開玩笑還是認真，所以並沒真的去試。我們用的是農夫叉乾草的那種四齒耙子，爸爸會套上防水長靴，走進沼澤岸邊污泥深處，來回拖動耙子；我的工作是收集浮上來的塊莖。水很冷，冷到我受不了，可是我爸常說，人只要不死，就會越挫越勇。我還在學走路的時候爸爸就教我游泳，方法是把腰上繫著繩子的我扔進水裡。

得知父母之間的實情以後，我常納悶媽媽為什麼沒逃跑。如果她真像她說的那樣討厭沼澤生活，為什麼不離開？她大可以在冰封期趁我和爸爸出門處理圈套時走路穿過沼澤區，或趁我們划獨木舟去釣魚時穿我爸的防水靴涉水而行，或趁我們打獵時偷走他的獨木舟。她剛被綁來時還是孩子，一時想不到這些，我能理解，但後來有長長的十四年，怎麼會想不出辦法呢？

如今我已看過許多女孩被人擄走囚禁的故事，比較了解她們的心理了。我們自以為在人身自由遭剝奪的時候會像山貓一樣激烈反抗，其實不然，我們很可能會投降，而且是很快投降。人若處在越反抗處罰就越重的狀況下，過不了多久就會學到教訓，乖乖聽命。這不是斯德哥爾摩症候群，心理學家稱之為習得無助。被囚禁的人相信只要聽話，就不會受罰，甚至還能得到毯子或食物之類的獎賞。所以她會聽話，無論對方要她做的事情有多噁心下賤，她都會做。如果綁匪願意在她身上施加痛苦，還能加速進度，不久，就算她想逃，也不會逃了。

這就像抓一隻老鼠或鼩鼱放進洗衣盆，你看牠們會怎樣。一開始，牠們會抓盆邊，繞著盆邊跑，尋找出路。幾天後，在盆子裡待習慣，就會走到盆子中央找食物和水，即便這違反牠們的自然本能。再過幾天，你可以拿布條繫在洗衣盆把手上，一端垂在盆內，一端垂在盆外，這時牠們依舊只會繞著盆邊跑，不會想別的。最後，就死了。有些生物就是不擅長處理被囚禁的狀況。要不是有我，媽媽大概到現在還住在小山上。

我媽還有一件事很特別：她在菜園裡永遠穿長褲長袖，不穿爸爸買給她的短褲和T恤，天氣再熱都不管，跟亞諾馬米族的媽媽不一樣。

11

我站在崖邊向下看，山溝很深，坡很陡，植被稀疏，溝裡那具屍體我能看得很清楚。死去的警察……棕色的平頭、紅紅的臉頰、曬傷的脖子，看起來四十出頭，身材不錯，大約八十公斤，正好命中我從腳印推測的體重範圍。他頭朝著我，一臉驚訝，雙眼圓睜，彷彿無法理解自己背上的彈孔怎麼會這麼大。

我想到死去的獄警，想到他們的家人，想到我爸就算再次入獄也無法終結他們的傷痛。我想到眼前這警察的家人，他們此刻還如常生活，不知道自己的丈夫、父親或兄弟已經死了。如果出事的人換作史蒂芬，我會有何感受？

我全身靜止不動，只用眼睛掃視周遭，用餘光搜索爸爸的蹤跡。但山溝的另一邊有隻松鴉尖聲高叫，啄木鳥也開始鑽樹，可見爸爸已經走了。

我下到山溝裡。這警察肯定已死，但我還是將他翻過身來，企圖用兩指測探頸部脈搏，確認一下。他正面朝上的那一刻，我像被火燒到似的縮手，因為他的襯衫被人撕開，受傷的胸前有兩個血字：**給H**。

我打了個冷顫，強迫自己放慢呼吸，腦中閃過上一次爸爸留下這種訊息的事。離開沼澤兩年後，我在臥室窗臺上發現一顆蘇必略湖瑪瑙，很大，像嬰兒的拳頭那麼大，深紅色的，周邊有橘色和白色的同心圓紋路，中央有石英晶體，這種瑪瑙切割打磨後非常值錢。翻到背面，我看見簽字筆寫的兩個字：**給H**。

起初我以為這塊瑪瑙是惡作劇。歡迎會上的動刀事件後，學校有很多男生跟我挑戰，全都敗下陣，但仍有人不放過我，打不過就來陰的，做些像是在我櫃子裡放動物屍體之類的蠢事，某個小滑頭甚至用紅漆在我外婆家門口噴「沼澤王的女兒」這六個字。

我不動聲色，將瑪瑙收進鞋盒，放在床底下。我不知道該對這事作何感想，所以沒告訴媽媽，也沒告訴外公外婆。我希望這是爸爸送的，又希望不是。我不想見他，又想見他。我愛爸爸，但同時，又怪他害我變得這麼不快樂，害我要這麼辛苦融入環境。外面的世界我有太多不懂，他應該要早點教我。我捕魚打獵的本事跟男人一樣好，甚至比大多數的男人強，又怎麼樣？對我同學來說，我是怪胎，是個什麼都不懂的人，以為彩色電視機剛剛才發明，從沒見過電腦和手機，不知道阿拉斯加和夏威夷也是美國的一州。我想，假如我是金髮女孩，事情也許會有所不同。如果我長得像媽媽，外公外婆或許會愛我。但我完全是父親的翻版，天天提醒他們這人對他們的女兒做了什麼事。離開沼澤時，我以為外公外婆發現女兒帶著外孫女回來，會欣喜若狂。偏偏我是他的女兒。

窗臺上出現第二塊瑪瑙，塞在甜草編成的小籃子裡，我確定這是爸爸送來的的禮物了。

爸爸能用天然材料做出各種東西：用草編籃子；用白樺樹皮做盒子，再用豪豬刺裝飾；用柳條和生皮做迷你雪鞋；用白樺樹皮作迷你獨木舟，雕刻出座位和槳。小屋的壁爐架上有一整排他的作品。我總把手背在身後欣賞他做的那些東西，只許看，不許碰。爸爸大部分作品都是在冬天做的，因為閒暇多。他試著教過我，但不知怎的，做藝術相關的事，我手就拙。他教我處理豪豬刺，再次失敗後，他說，人沒辦法什麼都會。但在我看來，他就是全能的。

我知道爸爸為什麼給我禮物。他用這種方式來告訴我，他就在附近，看顧著我，永遠不會離開。即便是我離開了他。我知道應該把東西留下，雖然我看過很多警察辦案的電視節目，明白藏匿證據會變成共犯，但我喜歡擁有屬於我們的祕密。爸爸信賴我，知道我不會聲張，這件事我做得到。

禮物一直來。不是每天，也不是每週都有，有時間隔很久，久到我都以為爸爸忘掉我，去過新生活了。然後禮物又再次出現。所有禮物都進了我床底下的盒子，寂寞時就拿出來，撫摸一遍，想念爸爸。

後來，有天早上，我收到了刀，趕在媽媽起床前將它從窗臺拿下，藏進鞋盒。爸爸居然會給我這把刀，我簡直不敢相信。還在小屋的時候，爸爸常跟我一起坐在他們床邊，打開刀盒放在我們中間，講每一把刀的故事給我聽。這把小銀刀形狀像匕首，近刀柄處蝕刻著姓名縮寫G・L・M，是我第二喜歡的刀。我最喜歡的是五歲生日收下的那一把。我問爸爸G・

L．M是誰，他說是個謎。我為此編了各種版本的故事：這刀的主人被我爸殺了、這刀是我爸在酒吧打架得來的、是飛鏢比賽贏來的、是從別人口袋扒來的。我不知道爸爸眾多本事中有沒有扒竊這一項，但放在故事裡挺合理。

後來，外婆開車載媽媽去做心理諮商，外公吃完午飯回店裡去，我就拿出盒子，把所有的寶物攤在床上。我玩這些收藏品的時候，有時照種類分成幾堆，有時照收到的時間先後排列，有時照喜好程度。當然這些東西我全都很愛。媽媽諮商通常一小時，有時更久，所以我預估自己還有四十五分鐘。對於把時間分割成小時和分鐘這件事，我依舊抗拒，但有時候精確估算別人何時離開、何時回來，還是很有用的。

我坐在床上，假裝爸爸坐在身旁講這把刀的真實故事。就在這個時候，媽媽和外婆走進了房間。一般來說，她們沒辦法悄悄靠近我，因為我一定會發現。但那天我沉浸在爸爸的故事裡，沒聽到停車的聲音。後來我才知道，那天媽媽諮商狀況不好，所以提早回來。我不意外，我原本也看同一位諮商師，可是六個月前停了，因為無論我的學校生活多麼悲慘，那諮商師都一直逼我上學，還要我去申請馬凱特北密西根大學，最好拿到生物學或植物學學位，然後找份田野調查的工作。我不覺得坐在教室裡能增加我對沼澤的知識，不需要書來告訴我沼澤和溼地有何差異，泥塘和沼地有什麼不同。

外婆走進房間，一眼就看見刀。她走到床邊朝下瞪著我舉起手說：「妳拿這個幹嘛？給我。」

「這是我的。」我把刀扔進鞋盒，把別的東西也都扔進去，然後塞進床下。

「妳偷來的？」

我們都知道這刀不會是我自己買的。外公外婆從來不給我錢。離開沼澤後有些人寄錢給我，那應該是我的錢，也沒給我。他們說那些錢放進了某個叫做「信託」的地方，連他們也不能碰。滿十八歲後我雇律師取錢，律師卻說沒有那個信託，從來沒有。難怪，難怪外公外婆開得起福特F─三五〇，還有一輛林肯轎車。我忍不住想，如果外公外婆沒那麼在乎錢，少花點心思利用那件事賺錢，多花點心思幫媽媽復原，或許媽媽的狀況會好很多。

外婆趴下去把床底下的盒子拉出來，那並不容易，因為她體型大，膝蓋又不好。她把盒子裡的東西倒在我床上，抓出那把刀，然後揮著刀對我大喊大叫，彷彿我不是坐在離她六十公分近的地方，小聲說話就聽不見。我到現在還是討厭聽人大吼。我爸縱有千般不是，卻從不對人大小聲。

那把刀太特別，媽媽一看就知道是爸爸的。她摀住嘴，倒退走出房門，彷彿那刀是眼鏡蛇，要攻擊她。至少她沒尖叫。那時我們已經離開兩年了，但只要有人提到我爸的名字，或讓她想到我爸，媽媽都還是嚇得半死。或許諮商師還是有點用。

外婆把鞋盒交給警方，警察發現刀上的指紋除了我的，還有一組與在小屋採到的相符。

當時他們仍舊不知道我爸叫什麼名字，但指紋證明他在那個區域。警方答應我外公外婆，說遲早會抓到我爸，這話不假。他們多方打聽一個收集許多刀的印地安人，問出我爸的下落，原來他在塔夸瑪嫩瀑布北邊一處偏遠的伐木營地，跟幾個第一民族的人同住。當時從加拿大雇印地安人砍那些沒人要的樹是常有的事，人力仲介把他們安頓在工地的拖車或野營車裡，每週一次送發電機燃料和食材過去，在檯面下支付酬勞。

我在Youtube上看了FBI用穿戴式攝影機拍下突襲我爸的影片，很像電視劇《條子》（*Cops*）或《法網遊龍》，但是由自己的父親擔綱主演，只不過未修剪版有點冗長。他們為求保險，在原木堆後面、集材拖拉機下面、工具拖車後面和戶外廁所裡面都安排人馬，過程中有很多悄悄話和奇怪的攝影角度。人員定點後，要等我爸他們伐木下班回來，所以很長一段時間沒有動靜。後來武裝探員一擁而上，對他大吼：「趴下！趴下！」我爸那副表情我到現在想起來還是會笑，不過鏡頭一閃而逝，你得及時按下暫停鍵，才不會錯過。我相信那仲介一定大吃一驚，沒想到自己竟成了FBI頭號通緝犯的避風港。

理論上來說，爸爸第一次逃亡是可以永遠逍遙法外的，因為當時沒人知道他是誰。我和媽媽一直認為雅各是他的真名，沒想別的。但我們知道的也就只有這麼多。我始終覺得警方那張畫像畫得很像，但或許我爸長了張大眾臉，所以雖然電視、報紙和公路上都有他的畫像，你想不看都難，可是從來沒人舉報。你可能會想，我爸的爸媽總認得出自己的兒子吧。但要他們站出來承認孩子是強暴犯兼殺人犯，實在也很難。

人家說我爸是厭倦了逃亡生涯，才想跟我聯繫。我想他是寂寞。他想念我們在沼澤的生活，想念我。或許是我一廂情願吧，我也不知道。

爸爸被捕，我自責了很長一段時間。他信賴我，我卻辜負了他。我應該再小心一點，把他給我的東西藏在更安全的地方，努力不讓那些想拿我的禮物來傷害他的人得逞。

後來，等我明白爸爸的罪行，知道那對媽媽影響多大以後，雖然害他被抓的人還是我，他還是要坐牢一輩子，但我心裡就不那麼難過了。我真心遺憾他再也不能回到沼澤，再也不能打獵捕魚。他明明有逃走的機會。可以西行蒙大拿，或是北去加拿大，這麼做的話就沒人能抓他去服刑了。但他送我禮物，結果被捕，那是他的錯，不是我的。

▼

我拉警察襯衫下襬擦掉胸前的字跡，然後將屍體翻回俯臥狀態。我知道這是在竄改現場證據，但警方都已經懷疑我是共犯，我不能讓爸爸給我的訊息留在警察的屍體上。爬回山上的時候，我好想吐。爸爸殺死他，把屍體放在這裡給我，就跟貓把死老鼠放在門廊上給主人一樣。給H。字擦掉了，訊息卻烙印在我腦中。爸爸很會操縱局勢，總能搞成對他有利，能力之強，超乎常人理解。他不但料到我會走這條路來找他，看見警車還能猜到駕駛孤身一人，並且知道這名警察正確的直覺會出現在錯誤的時候。爸爸引他下車，引他下山谷，就只為了布置那個場景給我看。我設想當時的情形，他大概故意在警車前方穿越馬路，讓警察瞥見這個大家在找的人，靠邊把車停下。他可能還故意跑得踉踉蹌蹌，讓警察以為他受了傷，攻擊力很低。他假裝苟延殘喘，把警察引進灌木叢，讓警察滿心歡喜，滿腦子以為自己很了不起，單槍匹馬就能抓到逃犯。然後，他繞到警察背後，一槍斃命。

不知道接下來爸爸還為我準備了些什麼。

回到馬路上，我直奔車子，打開乘客座的門，給藍波繫上狗繩。牠發出哀鳴，和我對拽。牠聞到空氣中的血腥味，感覺到我身上發出的緊張感。我讓牠帶我下到谷底，聞聞我爸的氣味，再回到坡上。應該打電話報案才對，應該讓警方來搜捕我爸，應該回家去跟我先生在一起。可是爸爸留在受害者身上的訊息是給我的。

我想到媽媽，她死了，大家都忘了她。我想到兩個女兒，想到丈夫孤單地等著我。殺戮必須終止。我一定要找到爸爸，一定要抓住他，一定要把他送回監獄，一定要他為所作所為付出代價。

12

小屋

即使在那個未開化的艱難時代，她也算夠野蠻。他們叫她赫爾嘉，這名字對這孩子來說太柔和了，因為她雖然長得美，脾氣卻很壞。

她喜歡用白皙的雙手去玩獻祭的馬溫熱的血。有一次教士要用黑雞獻祭，還沒殺，她竟一時興起把雞頭咬掉。

有天她對養父說：「如果敵人來拆你的房子，而你睡得正熟，不知道有危險，我不會叫醒你。因為多年前你打過我，耳朵到現在還在痛，我一直沒忘記。」

只不過那名維京人以為她在說笑。他跟大家一樣，為她的美貌著迷，不知道入夜後赫爾嘉的形象和脾氣會改變。

——漢斯．克里斯蒂安．安徒生，《沼澤王的女兒》

八歲那年，我初次見到爸爸虐待狂的那一面。當時我並不知道他對我那樣做是錯的，不知道一般的父親不會像他那樣對待自己的子女。我不想把爸爸說得比人家心目中的他更糟，但我想誠實說出我是怎麼長大的，那就必須包括好的部分，以及壞的。

爸爸宣稱他之所以選擇在沼澤生活是因為殺了一個人。沒人出面告他，那名智障者的屍體在密西根赫伯特北部小屋被人發現的時候，腐爛得很嚴重，沒人能證明這件事跟他有關。他講起這故事，有時會說那人是被他揍死的，有時會說是因為受不了那人流著口水結結巴巴的樣子，所以拿刀割他喉嚨。多半時候命案發生時他獨自一人，但有個版本是他弟弟幫忙棄屍的。我後來才知道，爸爸是獨生子。那件命案究竟有多少真實成分，甚至是否真有其事，我都不得而知。那些冬天的漫漫長夜裡，爸爸說了好多好多故事。

爸爸最好的故事都留在*madoodiswan*裡講，那是我們的汗屋，我媽叫它桑拿，是我八歲那年爸爸拆下前廊當材料建成的。爸爸說，我們不需要前後都有門廊。我只能同意，但拆掉前廊的小屋看起來好怪。

爸爸蓋汗屋是因為受不了站著洗澡，而且我當時還坐得進嬰兒時期就用的藍色琺瑯盆，但再過不久也得站著洗。媽媽從不洗澡，所以她的需求不是問題（媽媽從不在我和爸爸面前脫衣服，需要清潔時只用溼布抹身體。可是我見過她在沼澤游泳，她以為旁邊沒人）。

那是八月底或九月初的事吧，我不太確定，當時我不太在意月分。夏末是處理戶外建案的好時節，既暖和又沒那麼多蟲。蟲子最喜歡咬我媽，她常滿身是包，難過得掉眼淚。我在書上讀到，西伯利亞和阿拉斯加的拓荒者都被蚊子逼瘋了，但一般來說，蚊子不大來煩我，黑蠅才討厭。黑蠅喜歡叮人脖子和耳朵後面，又癢又痛，幾星期才能好。眼角附近若被叮上一口，會腫得整隻眼睛都張不開。若是叮上兩口會變怎樣，你自己想。六月，我們在林地砍柴，黑蠅的密度高到每吸一口氣都免不了吸到幾隻。我爸總笑說這是補充蛋白質，但我不喜歡，就算這表示少一隻黑蠅咬我，我還是不想要。馬蠅會讓你腫一大塊。鹿蠅比較好防範，在你腦袋旁邊嗡嗡嗡繞來繞去，你算好牠飛到面前的時間，就能合掌打死。小黑蚊很小，就跟句點差不多，可是咬出來的包卻很大。如果你睡在帳篷裡，有東西一直咬你，感覺像蚊子，卻看不到蚊子，那牠就是小黑蚊了。你拿牠一點辦法也沒有，不想被咬，就只能鑽進睡袋，連頭包好，直到早上。很多人擔心驅蚊劑致癌，但我們當時若有這種東西，一定會拿來用。

我們的汗屋是全家動員做出來的。你可以想像炎炎夏日裡一家人分工合作的樣子，我爸汗流浹背，我的汗從鼻尖往下滴。我從口袋掏出手帕借他擦臉和脖子。爸爸笑說這汗屋真不錯，還沒建好就讓我們流汗。媽媽負責將木材分類堆放：地板一堆，地板格柵一堆，梁木一堆。格柵和梁會變成汗屋的角柱，地板做牆。前廊的屋頂爸爸原封不動拿下來，我們只需要一半，但爸爸說讓屋簷突出可以在下面堆柴，就不怕下雨。我們的 *madoodiswan* 會有排長椅靠著後牆，還有一圈從前廊地基挖出來的石頭，爸爸要在那裡生火。我們在廚房燒的是楓樹和山毛櫸，但是汗屋需要又熱又快的火，所以會燒雪松和松木。我不懂坐在悶熱的小空間裡怎麼會讓我們變乾淨，但既然爸爸說汗屋有這效果，我就相信。

我的工作是把他拔下來的釘子弄直。釘子在屈服之前會發出刺耳的聲音，像被陷阱抓住的動物，我喜歡。我照爸爸教的，把釘子放在平坦的石頭上，翹起來的那邊朝上，用鎚頭噠噠噠盡可能鎚到直。我特別喜歡方邊的釘子，爸爸說那是手工做的，也就是說我們的小屋很古老。我很好奇，不知道其他的釘子又是怎麼做出來的。

我對蓋這座小屋的人也很好奇。如果他們看見我們這樣拆掉房子的一部分，會有何感想？他們為什麼在這座山頭蓋房子，不在鹿群聚集的那座山？為什麼要做前後兩個門廊，不做一個就好？我想有些問題我知道答案。我想他們給我們的小屋做兩個門廊，是因為這樣就可以坐在前廊看日出，在後廊看日落。房子之所以蓋在這裡，不蓋在有鹿的山頭，是因為這樣能讓鹿有安全感，等到蓋房子的人想獵鹿的時候，再走過去獵一隻。

後來我對很多事都疑惑不解。拔釘子的藍色鐵橇我爸是從哪兒弄來的？是他帶來的，還是小屋原有的？為什麼我沒有兄弟姊妹？爸爸的電鋸要是動力用盡，我們要怎麼砍柴？我們家為什麼沒有《國家地理雜誌》上那種爐子？媽媽說她小時候家裡有一個大爐，上面有四個爐口，還有一個烤箱可以烤東西。那我們家為什麼沒有？我的疑惑大多放在心裡，爸爸不喜歡我問太多問題。

爸爸叫我鎚釘子用力一點，加快速度。他說我們不急，只是不想拖到明年冬天，希望今年冬天這座*madoodiswan*就能派上用場。他是笑著說的，所以我知道這是笑話。同時我也知道他真的想要我加快動作，所以我加重力氣，希望一鎚下去釘子就能變直，還在釘子堆裡找比較不那麼彎的。

事後，我一直在想，那一鎚究竟是怎麼鎚歪的，歪成那樣。有可能是松鼠掉了松果，我轉頭去看；或是紅翅膀黑鳥的叫聲分散了注意力；也可能是風把木屑吹進眼裡，我眨了一下眼睛。無論原因為何，總之鎚子敲中手指那一剎那，我大聲慘叫，爸爸媽媽都立刻跑過來。幾秒鐘之內我的拇指就變腫變紫。爸爸戳戳它，轉轉它，說它沒斷。媽媽進屋拿布條，把它裹起來，我不懂這是要幹嘛。

那個下午接下來的時間，我就在後院大石頭上單手翻書，看《國家地理雜誌》。太陽像放在沼澤草上的橘色球，廚房裡燉著兔肉，香味飄出來，我聞了好幾個小時。媽媽進屋盛菜，喊我們吃飯，爸爸放下工具，沼澤復歸寧靜。

我們餐桌旁只有三張椅子，不知道當初建造這座小屋的人是不是也是一家三口。我們吃飯的時候沒人說話，因為爸爸不喜歡人家含著食物說話。

爸爸吃完以後，站起來走到我身後。「我們來看看妳的拇指。」

我把手放到桌上，五指張開。

他拆開裹手的布。「痛嗎？」

我點點頭。老實說，這時候不碰就不痛了，但是我喜歡爸爸關注我。

「它沒斷，但有可能會斷，妳懂，對吧，赫蓮娜。」

我又點點頭。

「妳要更小心一點。要知道，在沼澤妳不能出半點錯。」

我第三次點頭，想做出跟他一樣嚴肅的表情。爸爸跟我說過很多次了，要小心，如果讓自己受傷，就得自求多福，因為我們無論如何都不會離開沼澤。我小聲說：「對不起。」我真的很抱歉，很不想惹爸爸不高興。

「光說對不起不夠，任何意外都有後果，我不知道要怎樣才能教妳記住教訓。」

聽見這話，我的胃硬起來，就像吞了顆石頭。我不想又在井裡過夜。我想跟爸爸說我真的**真的**很抱歉，我會記住，以後會更小心，絕對絕對不會再用鎚頭敲手。但話還不及出口，他就握起拳頭搥在我受傷的拇指上。整間屋子都在冒金星，我整條胳臂又辣又痛。

醒來時，我躺在地上，爸爸蹲在旁邊。他扶我起來，讓我坐回椅子上，把湯匙遞給我。我接過來，手抖個不停，拇指現在比剛受傷時更慘。我眨眨眼收住眼淚，爸爸不喜歡我哭。

「吃。」

我好想吐。我用湯匙舀了一勺，放進嘴裡。爸爸拍拍我的頭。「繼續。」我再吃一口，又一口。爸爸一直站在我旁邊，盯著我把燉肉吃完。

我後來明白爸爸那樣做是錯的了，但依然不認為他是想傷害我。他相信那是不得已，必須那樣，我才能學會我必須學會的事。

我媽坐在餐桌另一邊，眼睜睜看著，就像她放上餐桌的那隻兔子一樣，動也不動，完全沒救我。這事我很久以後才終於理解，很久很久以後才原諒了她。

那年冬天，在我們的新汗屋裡，爸爸講了一個故事。我們坐在窄窄的長凳上，我坐在爸媽中間。我媽穿著凱蒂貓T恤和內褲，我跟爸爸光著身子。爸爸全身只有脖子上比我多一條皮繩，繫著一塊光潤的蘇必略湖瑪瑙。我喜歡爸爸不穿衣服，露出所有刺青。爸爸照印地安古法，用魚骨針和煤灰刺青，他答應我，等我滿九歲就幫我刺。

「有年冬天，一對新婚夫婦跟整村人一起搬到新獵場。」爸爸一開始講故事，我就貼過去，這一定是恐怖故事，我爸只講恐怖故事。「他們在那裡生了個小孩。有一天，他們靜靜看著躺在搖籃板上的兒子，這嬰兒突然說話了，他說：『曼尼托（Manitou）在哪裡？』」

爸爸停下來看我。

我說：「曼尼托就是天空之靈。」

「很好。寶寶說：『據說他有強大的力量，有一天我會去拜訪他。』孩子的媽說：『噓，不可以這樣說話。』那天晚上睡覺的時候，這對夫妻把寶寶跟搖籃板放在兩人中間，半夜媽媽發現寶寶不見了，搖醒爸爸。他爸趕緊生火，兩人在棚屋裡找，跑去鄰居的棚屋裡找，還用白樺樹皮做火把，在雪地上找，就是找不著寶寶。他們只在雪地上找到一條細細的痕跡，循著痕跡往湖邊走，找到了搖籃板。從搖籃板到湖那一段的痕跡就變大了，不可能是人類留下的。驚恐萬分的爸媽這才想通，他們的小孩變成了溫迪哥（wendigo），也就是恐怖的雪怪，吃人的雪怪。」

爸爸用杯子在水桶裡舀水，緩緩倒進安放火上的盤子裡。水滴在盤子裡跳，滋滋作響，滿汗屋都是水蒸氣，我的臉也在滴水。

爸爸繼續說故事。「後來，有個溫迪哥攻擊那個村莊，那個溫迪哥非常瘦，非常可怕，散發出死亡和腐敗的味道，骨頭緊貼著皮膚，皮膚灰得像死人，嘴唇破破的，流著血，眼眶深陷。那個溫迪哥非常大，怎麼殺怎麼吃都不滿足，一直找尋新的受害者。他每吃一個人，自己就變大一點，所以永遠吃不飽。」

外面傳來嘎吱聲，聽起來像樹枝掃到我們的汗屋，可是我們的*madoodiswan*建在空地中央，沒有哪棵樹碰得到它。爸爸伸直脖子，我們安靜了一會兒，那聲音沒再出現。

爸爸向前傾，火光從下方照亮他下巴，臉的上半部則是暗的。

「那溫迪哥走近村莊的時候，守護曼尼托的小人跑出來對抗。有人朝溫迪哥扔石頭，石頭變成一道閃電，射中溫迪哥的額頭，溫迪哥倒在雪地上，看起來像個巨大的印地安人，可是大家一砍就發現他只是一塊巨大的冰。冰漸漸融化，中央有個小小的嬰兒，那就是變成溫迪哥的小寶寶，要不是曼尼托們殺掉他，他會把全村的人吃光光。」

我打了個哆嗦，彷彿在閃動的火光中看見那個額頭有洞的寶寶，看見他爸媽為這好奇寶寶的悲慘命運哭泣。水從屋頂的縫滴進來，滴到我脖子，冰冰地往下流。

外面的聲音又來了，嘎吱嘎吱嘎吱，還有呼呼的喘息聲，彷彿有什麼東西大老遠跑來我們的小山。爸爸起身，頭頂幾乎碰到屋頂，影子比本人更大。外面那個東西不管是什麼，我薩滿一般的爸爸絕對不會輸給他。他繞過火坑，打開門。冷空氣撲進來，我閉上眼睛，縮著身子貼住媽媽。

「張開眼睛，赫蓮娜，」爸爸用恐怖的聲音下命令，「看！這就是妳的溫迪哥！」

我緊閉雙眼，把雙腿也收到凳子上面。溫迪哥進屋了，我感覺得到。我聽見溫迪哥在喘，聞到他恐怖的臭味，有冷冷溼溼的東西碰到我的腳，我驚聲尖叫。

爸爸大笑，坐下來把我抱到膝上。「張開眼睛，邦吉—阿嘎娃特雅（Bangii-Agawaateyaa）。」他喊我小名，那是他取的，意思是「小影子」。於是，我聽話張開眼睛。

太神奇了。不請自來我們汗屋的不是溫迪哥，而是一條狗。我之所以知道牠是狗，是因為在《國家地理雜誌》上看過照片，不過牠的毛短短的有斑點，跟土狼和狼不一樣。牠耳朵下垂，鼻子蹭我腳趾，尾巴左擺右搖。

我爸下令：「坐下。」我很納悶，我已經坐著，不知道他為什麼還要叫我坐下。但他這話是對狗說的。那隻狗居然也聽得懂，一屁股坐下，還仰首歪頭看著我爸，好像在說：「好，我聽話照做了，然後呢？」

媽媽伸手撓撓牠耳後，我從沒見她做過這麼勇敢的事。狗嗚一聲跑到她身邊，她起身拿一條毛巾圍住肩膀，對狗說：「來。」狗小跑步跟在她身後。我真是大開眼界，感覺上就好像媽媽從爸爸那裡偷了一些薩滿魔法。

媽媽想讓狗狗晚上跟我們一起睡在小屋裡，爸爸大笑，說動物屬於戶外。他在狗脖子上拴了條繩子，帶牠去柴房。

我一直站在臥室窗前看著院子，直到爸媽的床不再發出嘎吱聲，依然痴痴站著。雪地映著月光，把夜照得跟白天一樣亮。隔著柴房的柵牆，我能看見狗狗走動。我用指甲敲窗，狗停步，抬頭看我。

我用毯子裹住自己，躡手躡腳下樓梯。外面的夜冷冽靜寂，我坐在階梯套上靴子，然後穿過院子去柴房。狗繩綁在後面的鐵環上，我站在門口輕喊爸爸給他取的印地安名，狗就拚命搖尾巴。我想起爸爸說過一個故事，說狗是怎麼來到歐吉布威族人身邊。巨人庇護在森林裡迷路的獵人，並且讓自己的寵物狗護送他們回家，免受溫迪哥傷害。那狗允許人拍牠，從人手裡取食，還跟他們的孩子玩。

我走進柴房，坐在媽媽鋪的香蒲乾草上，輕聲用爸爸取的名字再叫牠一聲：「藍波。」狗又用力搖尾巴。我湊過去伸出手，狗也把頭湊過來聞我指頭。我再靠近一點，把手放到牠頭上，連我媽都有勇氣碰這隻狗，那我當然也辦得到。狗狗一扭身子，我還來不及縮手，牠就伸出舌舔我指頭。那舌頭有點刮手，但軟軟的。我摸牠的頭，牠舔我的臉。

我醒來的時候，陽光鑽進柴房柵牆的縫隙，空氣很冷，呼出的氣都看得見。藍波還在睡，蜷著身子緊貼住我，我拉被角蓋到牠身上，牠輕輕叫了一聲。

想到當初有多愛那隻狗，我的心依然會痛，是真的痛。那年剩下的秋天以及隨後到來的冬天，在天氣變得更冷以前，我一直陪藍波睡在柴房。柴房的牆是木頭柵板做的，有縫，防不了冷擋不了風，我就用木柴和毯子在柴房裡搭帳篷，有點像史蒂芬和女兒用枕頭和坐墊在客廳搭出來的那種。

藍波受過訓練，聽得懂「來」、「坐下」、「別動」之類的基本指令，但我不知道那些牠原本就會，還以為是我教的。每次藍波放下手邊的事，像是追兔子、咬鹿角或是找花栗鼠麻煩之類的，聽我口令跑過來或是坐下，我就覺得自己很有力量，像薩滿一樣。

爸爸討厭我的狗，當時我無法理解。印地安人和狗應該是朋友才對。可是每次藍波想跟在我爸後面，我爸就踢牠吼牠，不然就是拿棍子打牠。不打狗的時候，爸爸就抱怨養了藍波家裡又多一張嘴。我不知道這怎麼會是問題。爸爸說藍波是打獵時走丟的獵熊犬。獵熊季在八月，現在是十一月中，也就是說，藍波幾個月來都自食其力，沒有問題。我給牠的食物都是我們吃剩不想吃的。牠吃骨頭和腸子，我爸何必在乎。

後來我才明白，爸爸討厭我的狗是因為他向來以自我為中心。以自我為中心的人只有在世界繞著他轉的時候才會開心。在我爸心目中，我們在沼澤的理想生活並不包括這條狗，因此狗對他來說全無好處，只會是個問題而已。

除此之外，我想他還把藍波當成威脅。最初讓我養藍波是他想表現慷慨，可是後來我漸漸愛上我的狗，像愛我爸一樣純粹絕對，他就開始嫉妒，不想跟別人分享我的愛。其實我的愛**沒有分散**，**沒有變少**。我愛狗，也愛他，不會因為愛狗就少愛他一點。愛的對象可以多於一人，這是藍波教我的事。

第二年春天，爸爸忽然失蹤，我想藍波就是原因。前一天他還跟我們一起在小屋，接著就不在了。我跟媽媽既不知道他去了哪裡，也不知道他為什麼要離開，但我們沒道理認為這一次跟前幾次有什麼不同，他曾經消失過幾個小時、一天，有一次甚至徹夜未歸，然而我們照常做事過日子，媽媽提水、添柴，我劈柴、檢查抓動物的陷阱。那些陷阱沒抓到多少東西，兔子在春天繁殖，大部分時間待在窩裡，比較不好抓。我想獵鹿，可是槍被爸爸帶走了。所以我們吃的多半是菜窖裡剩下的蔬菜。我好幾次想拿斧頭劈開儲藏室的門，取用裡面的東西，但一想到爸爸回來會怎麼處分我，就不敢輕舉妄動。藍波挖出一窩幼兔，我們也跟著吃了。

兩星期後，爸爸回來了。這事發生得跟他消失一樣突然，但他背著步槍、吹著口哨大步上山，麻袋外還露出一支沼澤金盞花，好像他從未離開似的。他給我媽一袋鹽，給我一塊蘇必略湖瑪瑙，跟他戴的那顆幾乎一模一樣。這段時間他去了哪裡、做了什麼，他始終沒提，我們也沒問。他回來我們就很高興了。

接下來幾個星期，我們照常過日子，好像什麼都沒變。但其實不然。因為從前我無法想像沒有爸爸的世界，如今可以了。

13

我一路往前開，像倉鴞似的不斷擺頭左看右看，尋找我爸的蹤跡。我不知道我在找什麼，反正爸爸又不會出現在下一個轉彎處的路中央，揮手叫我停車。但我想，等看見線索的時候，就會知道了。

藍波的狗鍊拴在乘客座側上方的握柄上，我開這輛車通常不會拴牠，但今天牠和我一樣坐立不安，抽鼻子，顫抖，還不時舉頭哀鳴，彷彿嗅到我爸的味道。每次牠這樣，我的拳頭和胃都會一緊。

我一邊開車，一邊想史蒂芬，想昨晚的爭執，想他今早回家的事。即便我那樣對他，他還是不離不棄。在我們之間，我扮演的是保護者角色，而史蒂芬是提供關愛的人，從前我竟以為那是問題。

當然，我也想起在藍莓節相遇的那一天，肯定是眾神安排。那天，我把果醬陳列好，在桌子前面掛起招牌，接著就看見史蒂芬在我正對面架棚子。老實說，我覺得他的陳列方式不錯，攝影作品倒是還好。密西根的海岸線超過四千公里，燈塔比別州多，所以燈塔照片很受遊客歡迎，這我知道，可是我不懂怎麼會有人想在自家牆上掛這種照片。

我原本不會走進他的棚子，要不是中途去流動廁所路過時，看見一張熊的照片，我不會進去。我在紀念品店見過很多以熊為題材的照片和明信片，但這一張特別吸引我。不知道是因為拍照的光線還是角度，很難說，總之熊眼中的光和下巴的表情抓住我的目光。

我停下腳步，史蒂芬對我笑，我走進去。整排燈塔照片的對面，掛著深獲我心的蒼鷺、麻鷺、老鷹、水貂、水獺、水狸和燕子，全是我童年常見的動物，每張照片都展現出牠們獨特的個性和特質，彷彿史蒂芬能看透牠們的靈魂。我買下那張熊的照片，史蒂芬買光我剩下的果醬和果凍，接下來的發展，你都知道了。

我知道史蒂芬在我心目中是什麼樣子，卻不知道他是怎麼看我的，我盡量不去想這件事。在這地球上，只有一個人選擇我，就是史蒂芬。他不是不得不愛我，而是想愛我。他是宇宙在我受盡苦難活下來之後賜給我的禮物。

我又想到這些年來有多少機會向他坦白身世，卻始終沒說；想到為了保住祕密做過多少犧牲，不但得與爸爸保持距離，也沒能帶剛出生的艾莉絲去給媽媽看；想到每次我說出或做出異於常人的事，史蒂芬像看瘋子似的看我，我卻無法解釋。如果早點說出實話，日子會好過得多。

十分鐘後，我在路邊停車。藍波雙掌搭在窗邊，鼻子貼著玻璃，看來是以為我會讓牠下車。但這一次想上廁所的是我。我走進路邊的矮樹叢，解開牛仔褲。這條路上很少有車，但這種事誰都說不準。當年我跟爸爸打獵捕魚，從來不怕上廁所讓人看見，可是這裡的人在意的事情比我們多得多。

快結束的時候，忽然聽見藍波尖聲吠了幾下，表示牠發現了東西。我拉起拉鍊，拿起槍，往下趴，雙手將槍抓在前方，隔著矮樹叢往外看。

什麼都沒有。我用風向作掩護，爬到能從另一個角度看車的地方，疑心車後有另一雙腿蹲著，但完全沒有動靜。我慢慢數到二十，一切都沒變，就起身了。藍波一看見我，開始叫呀抓的，想要出來。我走到車旁，把靠牠那邊的車門打開一道小縫，伸手進去鬆開綁在握把上的狗繩，抓住牠的項圈。如果我在這種狀況下順藍波的意思，那就要好幾天見不到牠了。說不定再也見不到。第一隻藍波在我們的小山出現，是有原因的。

藍波腳一落地，就拖著我往一棵伐木留下的樹樁走，繞著樹樁狂跑狂叫，像是要困住松鼠或浣熊似的。那樹樁離我方便的地方不到五公尺，上面沒有小動物，在殘餘的樹幹剖面正中央，放著一顆蘇必略湖瑪瑙。

14

小屋

維京人的妻子因為這個孩子受了不少精神折磨，她的心一直繫在這小東西身上，卻無法把真實狀況告訴丈夫。要是她說出來，維京人極可能會照當時的習俗將這可憐的孩子扔在路邊，讓隨便一個想帶走的人帶走。

維京人的好妻子不能讓這種事發生，便打定主意永遠不讓維京人在白天以外的時間看見孩子。不久，養母對可憐的青蛙也漸漸產生了愛，愛牠溫柔的眼睛和深深的嘆息，甚至多過白天那個見誰都又咬又打的小美人。

——漢斯・克里斯蒂安・安徒生，《沼澤王的女兒》

我的童年在我爸想淹死我媽的那一天宣告結束。那是我的錯。整件事一開始真的很無辜，但結局是我怎樣也預想不到的，所以也無法預防。那不是很快就能放下的事，我到現在餘悸猶存，只要聽見收音機播那首講埃德蒙費茲傑羅號[12]在蘇必略湖沉船的歌，或渡船翻覆的消息，或某個母親把一車幼兒推進湖裡的新聞，我都會想吐。

六月底的某個早晨，我跟媽媽說：「我看見隔壁山上結了一叢草莓。」那年夏天我十一歲，媽媽嫌我在我們小山上採的草莓不夠她做果醬。

當我說「隔壁山」上有草莓的時候，我媽很清楚我說的是哪一座小山。你得先明白這一點，才能夠了解隨後發生的事。白人喜歡用自己或重要人物的名字來給山或湖之類的東西命名，但我們遵循印地安傳統，依照它們的用處以及相對位置來決定名稱，叫它們「隔壁山」、「鹿群喜歡的雪松」、「長竹芋的泥塘」、「雅各射到老鷹的地方」，以及「赫蓮娜切掉鷹頭的岩石」。塔夸瑪嫩河的歐吉布威名字叫*Adikamegongziibi*，意思就是「找到白魚的河」。我到現在依然覺得原住民的命名方式比較有道理。

「妳去幫我摘好不好？」媽媽說。「我得一直攪拌，不能停。」

我想說「好」，卻拒絕了，所以我媽差點淹死才會是我的錯。當時我最愛做的事情就是划爸爸的獨木舟，能和它相比的大概只有獵鹿和抓水狸。通常我不會放過這機會，現在回想起來我真希望當時抓住機會。可惜十一歲的我正處在急於宣告自主權的階段，所以搖了搖頭說：「我要去捕魚。」

媽媽看了我好一會兒，好像有什麼話想說又不能說，最後嘆口氣，把鍋子移到爐子後面，拿起爸爸去年冬天編的柳籃，出門去了。

紗門在她身後砰一聲關上，我立刻在昨天的麵餅上澆了些熱熱的草莓糖漿，再倒一杯菊苣茶，帶著我的早餐去後面的門廊。那天還算暖和，上半島的冬天長得不得了，春天拖拖拉拉一直不來，直到六月中的某天你一早醒來，哇，夏天怎麼到了。我解開工作服的吊帶，脫掉上衣，把褲腿捲到不能再高。我認真考慮過要不要把褲腿割掉，把它變成短褲，但這是我所有連身褲裡最大的一件，明年冬天還要穿。

我快要吃完，正準備回廚房再偷偷拿一點的時候，爸爸雙手各提一桶水回來，把水桶放在門廊上，在我身邊坐下。我把最後一塊餅給他，把杯裡剩下的菊苣茶倒掉，從桶子裡舀了一杯水。那水涼爽清澈。有時水桶裡會有蚊子的幼蟲游泳，扭來扭去，就像乾燥地上的魚。這種時候我們舀水會避開蟲，或是用手指把蟲弄掉。或許應該把水煮開再喝，但是炎熱夏天裡一杯清涼的沼澤水實在太宜人了。無論如何，我們當時沒生病。離開沼澤以後，我和媽媽反倒連續兩年咳嗽打噴嚏。離群索居就有這個大家想不到的好處：沒細菌。大家都說著涼的

---

12 SS Edmund Fitzgerald，一九五八年六月七日下水，是當時航行於北美大湖區最巨型的美國貨輪。一九七五年十一月十日沉沒於蘇必略湖。（編按）

原因是出門沒戴帽子或穿外套，我總覺得怪，照這個邏輯來講，夏天太熱就該發燒了。

「妳媽這是要去哪裡？」他說這話的時候滿嘴糖漿和餅。我想問為什麼我跟媽媽不能含著食物說話，他卻可以，但我不想破壞氣氛。在我們家，身體接觸不多，能跟爸爸並肩坐在階梯上，膝蓋碰膝蓋，腿貼著腿，像連體嬰似的，我很開心。

我得意地說：「去採草莓。」今年我們會有充足的草莓醬了，都是我的功勞。「我在隔壁山上發現一叢草莓。」

這時我媽快走到林地了，我們的林地靠近小山的山腳，爸爸的獨木舟就放在林地的V形凹洞裡。

爸爸眉頭一皺，跳下門廊，跑下山去。我從沒見他動作這麼快過。那時我並不知道發生了什麼事，不知道媽媽去拿獨木舟為什麼會是個問題。我還以為爸爸想去幫忙，不過他總說採草莓是女人和小孩的事。

媽媽正把獨木舟推進水裡，爸爸就趕到了。但他沒像我預期的那樣爬上獨木舟，而是抓住我媽的頭髮，把她拖下來，一路拖著慘叫的她上山，拖到小屋的後門廊，把她的頭塞進水桶，任她掙扎，就是按著不放。最後，她不動了，整個人癱了，我以為她死了。他把她的頭拉起來，她頭髮滴水，眼睛圓睜，拚命咳嗽吐水。從她臉上表情看來，她也以為自己會死。

我爸把她推倒在地，大步離開。媽媽好一會兒才勉強跪起身子，爬過門廊，進了廚房。

我坐在院子裡的大石頭上，盯著她留下的那道水痕，直到水乾了為止。我向來怕爸爸，但在那一刻之前，我對爸爸的怕一直是種敬畏，怕惹他不高興。我不是怕受處罰，而是不想讓他失望。但是爸爸差點把媽媽淹死，我親眼看見，太可怕了。我當時並不明白他怎麼會想殺她，也不明白她做錯了什麼。當時我不知道我媽媽是他的囚徒，不知道她真的有可能想要逃走。如果換作是我，這次的瀕死經驗只會讓我逃走的決心更加堅定，但離開沼澤後我學到一件事：人與人是不一樣的。某人**非做不可**的事，對另一個人來說，卻可能是**辦不到**。

總之，這就是我對溺水有陰影的原因。

▼

在我爸差點淹死我媽之前，我很喜歡抓水狸。從我們家往塔夸瑪嫩河走上半里路，就有一個水狸塘。十二月和一月的皮毛最好，所以爸爸都在這時候設陷阱。他會在池塘邊找到水狸出來呼吸新鮮空氣曬太陽的地方，在那裡設置圈套。我想那池塘應該還在，但誰知道呢？假如自然資源部認為水狸壩干擾了河川應有的流向，或是給人們帶來麻煩，就會把它炸掉。每年因為水狸造成的財產損失將近百萬美元，自然資源部嚴正看待自己的管理責任，把木材和作物的損失、路面和化糞系統因氾濫所造成的損傷，以及郊區公園的裝飾用植物，全部視為去除水狸壩的正當理由。至於水狸本身的需求，他們不管。

我們的池塘是水狸在塔夸瑪嫩河某小段無名支流建壩做出來的。水狸壩的最高紀錄有半里長，如果你想像不來，那我告訴你，它比胡佛水壩還長一倍。你要知道，成年公水狸的大小和體重大約等於一個兩歲小孩，竟能完成這樣的工程，真的很厲害。我們的壩沒那麼長，差遠了。我常沿湖走在壩上，朝池塘裡丟石子和樹枝，或是釣大嘴鱸魚，或是坐在壩上晃著腿吃蘋果。我所探索的那些居所，是居住其中的動物自己建造出來的，我覺得這樣很好。有時我會故意拆掉一塊水狸壩，看牠們要花多長時間才能修好。

除了水狸，還有很多動物以我們的池塘為家，例如各種魚類、水生昆蟲，還有鴨子、蒼鷺、魚狗、秋沙鴨和禿鷹。如果你從未見過禿鷹像石頭自空中墜落那樣俯衝，從平靜的池水裡抓走一尾狗魚或碧谷魚，那可就真錯過太多了。

爸爸想淹死我媽的那件事發生之後，我再也沒辦法抓水狸。對我而言，殺動物不是問題，只要不是濫殺就好，但用圈套將水狸的腳拖住，讓牠出不了水面，活活淹死，這令我反胃。更教我困擾的是，我不懂爸爸為什麼要一直抓牠們。我們工具間裡毛皮堆得老高，有水貂、水狸、水獺、狐狸、土狼、狼、麝鼠、白鼬。我爸總教我要尊重那些被我們殺死的動物；扣扳機前要想清楚，不應該浪費；獵殺某種動物的時候，不要殺我們看見的第一隻，因為如果整天只看見那一隻，就可能是族群數量太少，需要休養生息一陣子。但是每一年他都把那些毛皮堆得更高。小時候，我以為他總有一天會用獨木舟把毛皮載去賣，像以前的法國人和印地安人那樣，還希望他會帶我去。但在爸爸想淹死媽媽的那次事件之後，我開始質疑每件事。我知道他那樣對我媽是錯的，或許他過度設置陷阱也是錯的。如果殺死那些水狸的結果只是讓毛皮堆得比我頭還高，那到底有什麼意義？

當時夏天快結束了，秋天正要來。我坐在後廊邊翻《國家地理雜誌》邊想這些事情，直到天色暗得看不見字為止，希望能找到還沒看過的文章。從前我愛看晚風吹過草地，沼澤整個暗下去，星星漸漸亮起來，可是最近這些只讓我感到不安。有時候藍波會趴在我身邊，挺起頭嗅空氣，然後低鳴幾聲，彷彿與我同感。那是種有所需求，有所匱乏的感覺，覺得在沼澤的範圍之外有更大、更好、更多的東西。我會呆呆望著地平線上那排黑色的樹，想像樹的後面有什麼；會在飛機飛過小屋上方時目送它離開，依依不捨，好奇飛機裡坐著怎樣的人。我好想跟他們一起飛上天，他們會不會想跟我一起待在沼澤呢？

我感覺得到，爸爸在擔心我。他跟我一樣不懂我怎麼變了。有時候我會發現，他想趁我不注意的時候觀察我。看見爸爸摸著他那稀疏的鬍子，我就知道他陷入沉思。通常接下來會是說故事的時間，內容是原住民傳奇，或是釣魚打獵的故事，或是他發生過的奇怪、有趣、誇張、恐怖和美好的事。我會盤腿坐好，照他教我的那樣，雙手恭敬地放在膝上，假裝認真聽，實際上卻思緒遠颺。我並不是對爸爸的故事沒興趣，我爸說的故事最好聽，只不過現在我更想要的，是我自己的故事。

陰雨綿綿的某個秋日，爸爸決定要我學做果凍。我不懂他要我學這個幹嘛。我只想划他的獨木舟去巡視我設下的圈套，鹿群聚集的那座山後有一窩紅狐狸，我希望能捕到一隻，讓媽媽用狐狸尾巴給我做一頂遮耳帽。雖然下雨，我不在乎。反正我又不會融化，東西淋溼也遲早會乾。吃早餐的時候，我媽宣布，因為今天下雨，所以她要做果凍，要我幫忙。我只當沒聽見，自顧自穿上外套，因為我媽管不了我。但我爸管得了，所以當他開口裁定今天是我要學會做果凍的那一天，我就逃不掉了。

我比較想去幫爸爸。他坐在餐桌旁，用磨刀石和拋光布磨他收集的那些刀。其實那些刀不用再磨也夠利夠亮。油燈放在桌子中央。通常我們白天不點燈，因為熊脂快用完了，但那天下雨，所以屋裡特別暗。

媽媽拿著木匙，攪拌一鍋熱熱的蘋果泥，想讓它快點涼。另一鍋正在爐子上滾。桌上放著摺好的抹布，抹布上是媽媽洗乾淨晾乾的玻璃罐，等著裝果凍。爐子後面放著一罐融化的石蠟，媽媽會把它倒在果凍上面，用來密封，以防果凍發黴。但其實還是會發黴。她說那黴菌不會傷身體，可是我注意到她自己每次都把發黴的部分刮起來丟掉。放在地上的洗衣盆裡堆滿蘋果皮，雨停了以後媽媽會拿出去倒進她的堆肥裡。

我用紗布把果泥擠成汁，擠到手都紅了。廚房又悶又熱，我覺得自己就像在地底煤層工作的礦工。我脫掉上衣，拿來擦臉。

媽媽說：「衣服穿好。」

「不要，太熱了。」

媽媽給爸爸使眼色，爸爸聳聳肩。我把衣服捲一捲扔到角落，用力踏步上樓，往床上一撲，枕著胳臂瞪著天花板怨恨爸媽。

「赫蓮娜！快下來！」媽媽在樓下喊。

我動也不動，爸媽吵架的聲音傳上來。

「雅各，處理一下。」

「妳要我怎麼處理？」

「叫她下來呀。叫她幫忙。這麼多事，我一個人做不完。」

我滾下床，從地上的衣服堆裡挖出一件乾T恤穿上，再罩上法蘭絨襯衫，跺步下樓。

媽媽見我穿過廚房從門邊鉤子上拿起外套，就說：「不許出去，把工作做完。」

「妳要做完，我沒事了。」

「雅各。」

「赫蓮娜，聽妳媽的話。」爸爸說這話時繼續磨刀，並沒抬頭。我看見刀面映著爸爸的臉，他在笑。

我把外套扔到地上，跑進客廳，撲倒在我的熊皮毯上，把臉埋進熊毛裡。我不想學做果凍。我不懂爸爸為什麼不站在我這邊對抗我媽，我和我的家人是怎麼了，為什麼我不想哭卻很想哭呢？

我坐起來抱膝，牙齒咬進手臂裡，咬出血。既然忍不住要哭，就給自己找個理由。

爸爸跟進客廳，雙手抱胸站在我面前，手裡握著剛剛磨利的刀。

「起來。」

我站起來，盡可能站得挺拔，盡可能不去看那把刀。我雙手交叉抱在胸前，仰著下巴，瞪回去。這不是挑釁，並不是，我無非想讓他知道，無論他要怎麼處罰不聽話的我，都得付出代價。如果我能讓時光倒流，去問問十一歲的我打算怎麼報復爸爸，我恐怕也說不上來。當時我只知道不管爸爸怎麼說怎麼做，都無法逼我就範，去幫媽媽做果凍。

爸爸的眼神跟我一樣強硬。他掂掂那把刀，笑了，笑容詭祕邪惡，表示我剛剛該放聰明點聽話才對，因為現在他要找樂子了。爸爸抓住我手腕，抓得很緊，讓我無法掙脫，仔細研究我手臂上的咬痕，然後用刀尖輕觸我的皮膚。我畏縮了，但我並不想這樣，我知道無論爸爸原本想怎樣，只要發現我害怕，都會變本加厲。而且我並不害怕，不是真的害怕，至少不是怕痛。忍痛的經驗我多得是，我可是有刺青的人。現在回想起來，我覺得當時畏縮是因為我不知道他要做什麼。在精神上施加痛苦和對肉體施加痛苦一樣有力，都能操控人，這件事就是個好例子。

爸爸拿刀在我手臂上劃，劃得不深，就是剛好滲血的程度，緩緩把我的齒痕連成一個不太圓的O。

他停手細看自己的作品，然後在O的旁邊劃了三條短而相連的線，另一邊劃了四條。劃完以後，他把我的手臂舉給我看。血沿著手臂內側流到手肘，往下滴。

「去幫妳媽的忙。」他用刀尖輕觸我手臂上的血字，又笑了，意思是說，如果我不聽話，他很樂意繼續。所以我沒有遲疑，乖乖照做。

時間過去，疤痕漸漸淡了。但我總知道它在那裡，你還是認得出我右手臂內側的字是「NOW」。

爸爸在我媽身上留下的傷疤，當然更深。

15

我呆呆望著爸爸留在樹樁上的瑪瑙，不想碰。這是他典型的招數，從前教我追蹤的時候常用。每每在我自以為勝券在握，以為馬上可以朝他雙腳間的地面開槍時，他就做點什麼甩開我。例如，用很多葉子的樹枝刷掉腳印；用長棍子掃過草叢，讓我以為他走過那裡；倒著走路；用腳側走路，以免留下腳跟和腳趾的痕跡。每次我自以為練就最高超的野外追蹤技術，爸爸就會出新招。

這次是瑪瑙。不知道爸爸觀察了多久，久到能趁我上廁所的時候偷偷把瑪瑙留在附近給我，證明他即使在五乘九的牢房裡蹲了十三年，依然有我永遠追不上的本領。他不但能逃出高度戒備的監獄，讓搜捕他的人誤以為他在其他地方，還能靠我們共有的過往把我引到此處。今早出發的時候，我就知道我找得到他。

我所不知道的是，他竟然先找到我。

藍波狂吠不已，好像以為那瑪瑙會長腳逃跑。當然我會拿給牠聞，但在那之前，我想先搞清楚爸爸怎麼知道去樹叢裡上廁所的人是我。我跟從前長得很不一樣。從前的我總將黑髮紮成馬尾或編成辮子，現在長度只到肩膀，而且挑染很多，都快變金髮了。生了兩個小孩以後，我圓潤許多，雖然天生胖不起來，可是也不像他上次見我時那麼皮包骨。除此之外，我還長高了四五公分。藍波或許是個線索，他跟從前的那隻同一品種，但現在是獵熊季節，獵熊犬在上半島並不罕見。除非我大聲喊牠的名字，否則我爸沒道理作此聯想。還有，這塊瑪瑙他是從哪兒弄來的呢？這整件事臭死了，比我們從前扔進垃圾坑的肉屑還臭。爸爸若想跟我玩成人版的追蹤遊戲，那麼，他就不該忘記，之前的最後三次，贏的人是我。

但也有可能爸爸放那塊瑪瑙在樹樁上不是為了炫耀，不是想說他打獵追蹤比我強。說不定他是在逗我，是在邀我，是想跟我說：「我沒忘記妳，我在乎妳，我想在消失之前見妳最後一面。」

我拉出衣襬，拿起那塊瑪瑙給藍波聞。藍波一路嗅著鼻子穿過灌木叢，走到我車子前方六公尺處。有一組腳印朝西方而去，看起來很可能是死獄警的鞋留下來的。我走回車上，有點懷疑爸爸會從矮樹叢裡跳出來抓我，就像從前在汗屋講完恐怖故事走回小屋時一樣。

我將瑪瑙扔到前座，把藍波綁在後面，叫牠趴下別出聲。我沒忘記爸爸對狗的感覺。我把車鑰匙從鑰匙環拿下，放進口袋裡；確認手機保持靜音，塞進另一邊口袋。通常我打獵的時候會把鑰匙留在車上，因為上半島沒什麼偷車賊，而且鑰匙在口袋裡會發出聲音。但是如果不帶鑰匙，我怕順著爸爸留下的痕跡走到底之後，車會被他偷走。我把車鎖好，檢查身上的刀和槍，警察說我爸有武裝、很危險，沒關係，我也是。

才向前走四百公尺，腳印就轉進一棟小屋的車道。我繞個大彎，想從後方切入。這需要掩護，但路上能掩護我的東西很少，樹木多半是落葉松和短葉松，又細又稀疏，而且乾得跟火絨似的，根本不可能不發出聲音。不過，如果爸爸在這小屋裡等我，表示他早就知道我在這裡。

小屋很小很舊，前面有一大塊空地，房子旁邊好多樹，快把房子都遮住了，屋頂布滿青苔和松針，牆上爬滿藤蔓和黃花，就像我女兒童話繪本裡那種引誘天真小孩入內的小屋。我特別留意車道盡頭的工具棚，那邊停了輛舊皮卡，我上上下下搜索了一番，什麼都沒有，工具棚是空的。

我沿著空地的外緣到屋後，那裡只有一扇窗，窗內的房間小得僅夠塞進一張床、一個櫃子和一把椅子。床鋪有點凹陷，但不像有人睡過。

我到屋側去看另一扇窗，那間是廁所，衛浴設備都有鏽斑，毛巾很舊，水槽上方的架子上只有一支牙刷。馬桶裡的水很黃，水際線上方有一圈深色的痕跡，看得出很久沒沖。

下一扇窗裡是客廳，跟我祖父母家的客廳很像：褪色的整組印花沙發；木頭茶几中央放著一整碗松果、漂浮木和瑪瑙；邊櫃有玻璃門，裡面是各種小擺飾、鹽罐、胡椒罐，和大蕭條時期的玻璃贈品。沙發扶手和椅背上披著鉤花的沙發巾，已經泛黃。舊躺椅的椅墊早該換了，旁邊有張茶几，上面放著一個咖啡杯和摺起來的報紙。這裡沒被弄亂，如果我爸在這小屋等我，也不是在客廳。

我繞到屋子前面，悄悄踏上門廊，站定了，靜靜地聽，嗅著空氣的味道。當你獵捕人類的時候，一定要慢。

過了很久，毫無動靜，於是我試著開門，門把一扭就開，我便走了進去。

我第一次闖空門，是在十五歲那年，當時已經不去學校上課，州政府派來的家教拿我沒轍，外公外婆也是，所以我有大把的自由時間。

我真希望能說那次闖空門是逼不得已，是因為遇上大雨，或暴風雪之類的，可惜不是，單純就只是好玩，就只是那天太過無聊，才起了這個念頭。屋主的兒子是學校裡愛找我麻煩的男生之一。我想，倒過來找找他的麻煩，應該會很有趣。我沒打算破壞任何東西，只想留下足夠的證據，讓他知道我有本事闖進去。那間小屋的門上有張貼紙，注明「此地產由……保護」，但外公外婆家也有同樣的貼紙，所以我知道那是騙人的。外公說，假貼紙跟真的一樣好用，卻比裝保全系統便宜太多了。

我的計畫很簡單：

①戴上我從外婆水槽下面拿來的黃色橡膠手套。
②用刀撬開大門上的鉸鏈釘。
③在廚房隨便找個罐頭打開，升起爐火加熱，因為罐頭食品我比較喜歡熱了再吃。
④把我從外公柴堆帶來的死老鼠裝進空罐頭，留在客廳中央。
⑤把大門裝回去，離開現場。

老鼠很新鮮，我打的算盤是牠會慢慢腐爛，等到下次有人進門，就會迎面撲來滿滿的臭味。他們雖然發現罐頭裝著死老鼠，知道有人來過，可是我戴手套，所以沒人知道我是誰。想出罐裝老鼠這個點子以後，我打算對那些找我麻煩的小孩全部比照處理，闖進他們家的小屋，留下這個到此一遊的記號。警察會以為這是隨機行為，但我想折磨的人總有一天會想通事件的關聯，想到是我。他們若想檢舉，就得連帶暴露自己的惡行，我認為這是整個計畫最棒的一點。

可惜，並非所有人都像我外公那麼省：那張保全貼紙是真的。我坐在火爐旁的椅子上等豆子煮沸，在一疊《國家地理雜誌》中翻找，想知道他們有沒有講維京人的那一期。這時，一輛警車閃著警示燈在門前停下。我本來可以走後門逃掉，只要我不想被抓，世上就沒有一個警察能抓到消失在樹林裡的我。可是下車的警察我認識，前兩次逃家都是他送我回去的，算是有交情。

我高喊：「別開槍！」舉著雙手跑出大門。他跟我都笑了。警察叫我把所有東西回復原狀，然後像司機對待電影明星那樣為我開車門，回家路上跟我交換打獵和捕魚的故事，兩個人都很開心。我把爸爸掉進態窩的故事當成自己的說給他聽，他大為驚嘆。我說既然這麼聊得來，要不要當我男朋友。他說他結婚了，有兩個小孩。我不懂這有什麼關係，但他說關係很大。

那警察帶我回到警局，看來闖空門比逃家嚴重得多。我很想被關進爸爸那所監獄，看看裡面是什麼樣子，可是他只叫我坐在板凳上，等他打電話給我外公外婆。外公外婆一來，他就開始長篇大論，說我運氣好，屋主可以追究卻不追究。又說我原本會惹上大麻煩，以後一定要遵守法律、尊重別人的財產，才不會重蹈覆轍。這沒關係，他只是盡忠職守。但接下來他叫我好好想想如果繼續行事魯莽會怎樣，問我是不是想跟我爸一樣落到坐牢的下場，我就慶幸他不是我男朋友了。我暗自決定，要故意違抗他，下次一有機會，就要闖另一間小屋，說不定就挑他的。

我原本一週在外公店裡工作三天，那起事件之後，外公逼我天天去。他經營一家兼賣魚餌的單車店，位在主街上，是木造建築，夾在不動產仲介公司和藥房中間。整排單車停在店門口，路過的人都看得到；裝魚餌的桶子和滿是蠕蟲的冰箱放在店內。當時我以為外公賣這兩樣東西是因為魚餌和單車的字首都是B，長大後才知道，上半島有很多店販賣兩種不相關的東西，單賣一樣難以維生。我只賣果醬和果凍也賺不少，那是因為很多來自網路的訂單。

外公說，我現在有全職工作，就要自負食宿，扣除食宿剩下的錢，可以存起來，用成本價在店裡買一輛單車。大家寄給我的單車和其他禮物都早已被外公賣掉，所以我很高興能有機會重新獲得一輛車。他在紙上畫了三欄，分別寫上「批發」、「零售」和「利潤」，然後填上數字，教我零售業的運作模式。後來我自己開業，這堂課就派上用場。

我看上的那輛單車，是鏡面藍的施文牌 Frontier 登山車，它的優點在於平路山路都可以騎。我現在知道還有更好的車，當初外公也可以賣更貴更好的那些車，但是在上半島賣高檔單車不易維生，就算店裡兼賣魚餌也不成。

每次有想買車的顧客上門，我領著他們繞過我想要的那一輛。當時的我不知道，那一輛賣掉以後，外公可以再訂一輛一模一樣的。大多數人以為，我離開沼澤三年了，應該對商業系統的運作方式有些了解。但哪有那麼容易？叫他們從零開始試試看，看他們能做多好。即便是現在，我依然偶而會遇到不懂的事，所以，當年有個男生買走我那輛車的時候，我還以為完蛋了。我把單車推到他爸媽的皮卡旁邊丟著，沒幫他們上貨，就走了。當時我心中並沒有想去的地方，只一心認定外公騙了我，把我存錢想買的車賣給別人，我再也不要回去。

幾小時後，外公找到我的時候，天都黑了。若不是外婆也在車上，我恐怕不會上車。搞清楚狀況以後，外公答應我再訂一輛一模一樣的單車，讓我覺得自己很蠢。當年我常常覺得自己蠢。

我說這些並不是想博取同情，天曉得，我得到的同情早就夠了。我只希望別人能夠理解，理解我為什麼幾年後會覺得自己需要重新來過。人有時候以為自己想要某樣東西，得到以後，才發現那根本不是他要的。對我而言，離開沼澤就是這樣。我以為能創造新生活，過幸福的日子。我既聰明，又年輕，準備擁抱外面的世界，渴望學習。問題是，大家沒那麼渴望擁抱我。身為誘拐犯、強暴犯、殺人犯的女兒是種甩不掉的恥辱，如果有誰覺得我太誇張，那就請想想，他若知道我爸是誰、對我媽做了什麼事，還會願意請我到家裡，讓我跟他的子女做朋友？還敢讓我當他小孩的保姆？就算有人說他願意、他敢，在回答之前也絕對猶豫過。

幸運的是，我爸的父母在我滿十八歲後的幾個月相繼過世，把房子留給我。那是我爸爸長大的地方。因為我已成年，所以律師願意在沒有告知我媽和外公外婆的狀況下辦理財產過戶。文件一處理好，我就打包行李，只說要搬走，不讓他們知道以後要去哪裡找我。我向來喜歡維京人，覺得這是變成維京人的好機會，所以把姓氏改成艾瑞克森，把頭髮剪短，染成金色。就這樣，沼澤王的女兒消失了。

小屋大門進來就是客廳，空間很小，大約十乘十二；天花板很低，踮起腳尖就能碰到。

我進門後沒有關門，我不喜歡關在潮溼有霉味的空間裡，我有陰影。

電視開著，處於靜音模式，螢幕上的新聞主播嘴巴動來動去，無聲說著我爸逃獄的消息，他肩膀上有個影片框，影片中直升機在小湖上方盤旋，巡邏艇在湖面上繞來繞去。螢幕下方的跑馬燈顯示：搜索持續進行，聯邦調查局投入更多人力，尋獲獄警屍體。

我盡可能定定站在原地，感受四周的動靜。窗簾有沒有動？有沒有人呼吸？有沒有任何分子移動顯示這裡不止我一個人？除了黴菌的味道之外，我還聞到了培根、蛋、咖啡、開槍不久的火藥味，以及鮮血的刺鼻金屬味。

我靜靜等。沒有聲音。沒有動作。無論方才發生過什麼，都早已在我抵達以前結束。我又等了一會兒，才走過客廳，在廚房門口站定。

有個赤裸的男人側躺在桌子和爐子之間，血和腦漿濺了一地。

史蒂芬。

16

小屋

吟唱詩人說起維京人的妻子帶給有錢丈夫的金色寶貝，說他有多喜歡這個美麗的孩子。他只見過她白天迷人的樣子，讚賞她熱情的天性；說她長大會成為英勇的女武神，在戰場上抵禦敵人；說她這種人就算被高明的劍士開玩笑削去眉毛，眼睛也不會眨一下。

一個月又一個月過去，這種個性越來越鮮明。一年又一年，這孩子漸漸從女孩變成女人，在大家不知不覺中，長成了非常美麗的十六歲少女。包裝華美，內容物不值一文。

——漢斯・克里斯蒂安・安徒生，《沼澤王的女兒》

我十一歲那天冬天，某天清晨，爸爸說：「穿外套。」當時我還不知道那是我在沼澤的最後一個冬天。「我帶妳去看個東西。」

媽媽正在製作毛皮，以為爸爸在跟她說話，抬起頭，一發覺不是，就迅速低下頭。自從我爸差點淹死我媽之後，他們之間的緊張氣氛濃得像霧，有次媽媽見他不在，還低聲對我說：「他想殺我。」我想這有可能是真的。媽媽沒要我幫忙，也沒期待我會站在她那邊跟我爸對著幹，這點我很感激。他若真心想殺我媽，我就算有心阻止也無能為力。

當時媽媽正在處理爸爸鞣製好的一塊鹿皮，她冬季裡主要的工作，除了煮飯打掃，就是這個。去年冬天，她給我爸做了一件有美麗流蘇的鹿皮衫；今年冬天，等她收集到足夠的鹿皮，就會做一件給我。因為鉛筆和紙用完了，所以我用木炭在樺樹皮上畫出設計圖，爸爸答應要照著圖用豪豬刺裝飾我的皮衣。我爸很有藝術天分，那件衣服的成品將會比我的設計圖更棒。

我穿戴好冬天的外出裝備，跟著爸爸走出家門。小花鹿皮手套現在已經小得快戴不下，但我勉強繼續用，不想這麼早就把它丟到穿不下的那堆東西裡。要是媽媽當初能做大一點多好，可惜她說我那隻小鹿太小，最多只能做這麼大。春天爸爸射到他那隻鹿的時候，我多希望是隻懷著雙胞胎的母鹿啊。

那天是個冷冷的晴天。陽光映在雪上，很亮很亮，我得瞇起眼睛。爸爸管這種天氣叫「二月融」，可是今天啥也沒融化。我們坐在門廊邊上，穿上雪鞋，綁好鞋帶。那年冬天雪好多，沒穿雪鞋誰也不出門。我九歲那年，爸爸用赤楊樹枝和生皮做了雪鞋給我。他自己穿的是他爸以前穿的艾佛森雪鞋，爸爸說等老到沒辦法在雪地裡走路的時候，就會把那雙鞋送我。

我們踏著輕快的步伐出發。我現在快跟爸爸一樣高了，輕輕鬆鬆就能跟上腳步。我沒問要去哪裡，爸爸經常突然帶我出門，多半是要教追蹤，但最近都沒有。跟著他走下小山的時候，我在腦中猜想目的地，這並不難。爸爸背包裡帶著小咖啡壺，可以融雪煮茶；還有六個硬得像石頭的小圓餅，泡軟就能吃；以及四條鹿肉乾、我爸稱之為「帕米肯」的藍莓肉醬，和一罐藍莓醬，所以我知道不會回家吃午飯。爸爸的來福槍鎖在儲藏室，藍波拴在柴房裡，看來不是要打獵。我們帶著雪地手杖，也就是說，要走挺遠的。我們的小山和河之間，只有幾個我早已探索過的小山丘，上頭沒什麼值得看，不可能是我們的目的地。綜合以上各點，結論是，我們要去河邊。可是為什麼呢？那條河各個季節的樣子我都見過，怎麼也想不出爸爸要帶我去看什麼，或許他發現某處河水結冰的形狀很特別，想讓我看看吧，如果是這樣，真犯不著費這麼大的事。

河邊終於到了。我以為爸爸會沿著河往上游或下游走，帶我去看他要給我看的東西。可他一步也不停，逕直走上結冰的河面。這也太意外了。塔夸瑪嫩河水流湍急，河面少說也有三十公尺寬，雖說現在大部分河面都結冰，沒結冰的地方還是很多，我爸卻幾乎頭也不回，就這樣往河對岸走，彷彿腳下是堅實的土地。我站在原地看著他，無法移動。通常無論爸爸去哪我都會跟，可是他怎麼可能認為這樣過河是安全的呢？打從我能自行在沼澤區到處跑開始，爸爸就一再警告，冬天絕對不能走到河上，無論那河面看起來多堅固，都不可以。河水結冰和湖水結冰完全是兩回事，因為河水是流動的，有些地方厚，有些地方薄，眼睛看不出來，要用手杖敲才知道。但是爸爸現在並沒有用手杖敲呀。要是掉進湖裡，又冷又溼，危險倒不至於，因為沼澤的湖和池塘通常很淺，得游一游才能爬上比較厚實的冰層，但是沒有關係，我辦得到。可若是跌進河裏，冰下的水流可能會以極快的速度推著我走，讓我連吸一口氣大聲求救的機會都沒有，從此再也沒人聽見我的聲音，看見我的蹤影了。

以上是我爸一再諄諄教誨過的，此刻他卻做出相反的事。我向來認為爸爸無比強大，什麼都傷不了他，是如同神一樣的存在。雖然知道他也是凡人，終有一死，但他說的那些故事只要有一半是真的，那他克服過的危險就已經多得非比尋常。可是，即使是我爸，掉進河裡也活不了呀。我可不想活活淹死。

不過……這或許正是重點所在，我爸從來不做沒有目的的事。或許這就是他帶我來河邊的**原因**，他知道我怕淹死，也知道我渴望探索河的對岸，我求過他好幾次，想要他划獨木舟帶我過河。我還以為他不知道沼澤漸漸讓我有種幽閉恐懼的感覺，不知道我有多想嘗試新的事物。或許他知道。不管知道還是不知道，現在我最想要的和我最怕的兩件事結合到一起了，他帶我來河邊，讓我面對了恐懼，不至於放在心裡繼續化膿。

我不給自己時間改變心意，爬過河邊的冰塊，走上河面。我的心跳得好猛，手套裡出了好多汗，每一步都戰戰兢兢，盡可能精準踏在爸爸踩過的地方。冰在我腳下起伏移動，彷彿河在呼吸，彷彿河是活的，而這個狂妄的人類小女孩竟敢走在他結冰的表面，冒犯他。我彷彿看見河神從水中伸出冰冷的手，拉我進去；彷彿看見自己被拉進冰的下面，眼睛望著我，頭髮在水裡飄，肺吸不到空氣，被河神一直往下拉，越陷越深，那張臉瞪大眼睛，充滿恐懼，就跟我媽媽一樣。

我繼續走。四下空曠，棕色的河水急急流過，讓我頭好暈，而恐懼使我嘴裡發酸。我回頭看看自己走了多遠，再望向爸爸，看看還要再走多遠，發現走回去和走到底的距離一樣。我想停下來跟爸爸揮手，表現出勇敢的樣子，但是辦不到。雖然穿這雙自製雪鞋想快也快不了，我還是盡可能用最快的速度越過結冰湖面。爸爸伸長手臂，拉我爬上河岸進入樹林。我彎下腰，雙手扶膝，好一會兒才緩過氣，滿腦子都是成就感。我剛才很害怕，可是恐懼沒能阻止我做想做的事。原來爸爸要我學的是**這個**呀。想通這一點，我的勇氣就上來了。我張開雙臂，仰望天空，感謝偉大的神靈賜給爸爸這樣的智慧。

我們向東轉，沿河往下游走。我彷彿是紅鬍子艾瑞克，或他兒子萊夫・艾瑞克森[13]，頭一回在格陵蘭或北美洲上岸，每棵樹、每塊石頭從來沒見過，就連空氣好像都不一樣。河對岸，我們那一邊的沼澤，基本上是一片死水綴著平坦的綠地，以及為數不多的小山丘。河的這一邊則不然，全是堅實的土地，還有兩個男人合抱不來的高大松樹。這片林子裡的木材足夠蓋一千座我們那種小屋，並且供應住在裡面的人燒火取暖數十年。真不知道蓋我們小屋的人為什麼不蓋在這裡。

穿著雪鞋的我跟在爸爸身後，覺得自己能走上好幾公里。其實真的可以。現在我想走去哪裡都行，再也沒有阻礙。因為原本限制我行動範圍的水，已經不是問題了。難怪沼澤感覺上變得好小。

我當然也知道無論走多遠，總有不得不回頭的時候，那時要走的距離就跟來時一樣，而且還得再次渡河。要是時間沒算好，回頭太晚，無法趕在天黑前到家，真不知道會怎樣。但我現在不想這些，爸爸能帶我我過河一次，就能帶我過第二次。重要的是，**最後**，我終究是看見了、體驗到全新的事物。

河面漸寬，遠處傳來轟隆隆的低沉聲響。起初隱隱約約，聽不真切，後來越走近越大聲，就像河面在春天破冰。現在不是春天，而且河水結冰結得很堅固，我想問這聲音是什麼意思，為什麼越來越大，可是爸爸走得太快，我跟得太辛苦，顧不得問了。

走啊走的，我們走到一個地方，那裡有條很粗的纜繩橫過河的兩岸，在我們這岸繫住一棵樹，樹和纜繩交纏生長，所以纜繩一定很早就有，對岸應該也是這樣固定的吧。它在河中央懸著一塊牌子，字太小，除了頂端的大紅字「危險」以外，統統看不清楚。我不懂怎麼會有人費這麼大的勁在只有坐船才看得見的地方掛牌子，也不知道那所謂的危險是什麼。

我們繼續往前走。雪變得又溼又滑，樹上白白的像結霜，但我推推樹枝，沒有霜落下來。然後，河消失了。我想不出別的說法來描述這個景象，在我們身邊，河面寬闊，水流湍急，前方一百公尺處除了天空什麼也沒有，河流到那裡猛然停住，像是給刀切斷了。消失的河流，不是霜的霜，加上打雷一般不停歇的的巨響，我感覺彷彿走出了真實世界，走入爸爸講過的故事裡。

爸爸帶我穿過樹林，走向結冰的懸崖邊，有那麼一瞬間，我好怕他打算跟我手牽手跳下懸崖，就像傳說中受迫無法結合的戰士和少女。但他只把手放在我肩上，溫柔地將我轉了個方向。

我倒抽一口氣。就在離我們不到十五公尺的地方，河水爆發成一堵巨大的金棕色水牆，不斷沖擊著下方的岩石。瀑布下方堆著許多跟我們小屋一樣大的冰塊，樹木岩石都裹著厚厚的冰，瀑布邊緣凍成冰柱，就像中世紀大教堂的柱子。有座木製平臺從我們這側延伸到河對岸，平臺那一頭有階梯沿著陡坡上行，進入樹林。我在《國家地理雜誌》上見過尼加拉瓜大瀑布的照片，

13 紅鬍子艾瑞克（Erik the Red）是第一位到格陵蘭探險的維京人，其子萊夫則是傳說中第一位發現北美洲的歐洲探險家。（編按）

但眼前這番景象簡直超越我的想像。真想不到我們的沼澤竟有這樣的東西存在，而且，瀑布就在步行一日的範圍內。

我們站在那裡看了很久，我的頭髮、臉和睫毛都罩上了一層霧。爸爸拍拍我胳臂，我不想走，卻還是隨他走進樹林，一同在橫木上坐下。這座神奇樹林裡什麼都大，這棵倒下的樹也大，比我見過最大的木材至少大兩倍。

爸爸笑著將手一揮，問：「妳覺得怎麼樣？」

「太棒了。」我說不出別的話來，就只能這樣，但我所知道的字眼全都不足以形容此刻的想法和感覺。

「這是我們的，邦吉—阿嘎娃特雅，這條河，這塊土地，這座瀑布，全都屬於我們。白人是後來才來的，我們的人早就在這裡捕魚打獵很久很久了。」

「那這個平臺呢？也是我們建的？」

爸爸臉色一沉，我立刻後悔，可惜問題已經出口，收不回來。

「瀑布的另一邊，是個他們稱為公園的地方。白人搭這個平臺，是為了收錢讓人來看我們的瀑布。」

「我還以為這平臺是用來釣魚的。」

爸爸拍手大笑，笑了很久。通常我會很高興他有反應，然而這次我說的並不是笑話，只不過說完才想到這條河裡沒有魚。爸爸告訴過我，我們的河最後會在一個歐吉布威人稱為「*Ne-adikamegwaning*」，而白人稱為「白魚灣」的地方流進一座叫「蘇必略湖」的大湖。我在《國家地理雜誌》上讀過，太平洋西北地區的鮭魚會逆流而上產卵，但眼前這水流太急，無論什麼魚都不可能在裡面游泳。

爸爸的笑聲四下迴盪，聲調很高，有點像女人或小孩。此刻爸爸已經靜下來，笑聲的回音卻未止歇。我的心跳得好厲害。「納納波佐」（Nanabozho），也就是騙人精，一定是他，一定是他躲在河對岸，放大我爸的笑聲，再丟到河這岸來鬧我。我站起身來，想去看看這形象變幻莫測的傢伙今天是什麼樣子。爸爸抓住我手，拉我坐回去。我還是伸長脖子朝對岸看，假如「納納波佐」今天來到這座樹林，那我非見到他不可。

有新的聲音，像金屬撞擊，接著有兩個人跑下階梯。這出乎我意料之外。一般來說，納納波佐都以兔子或狐狸的形象出現，不過他的父親是神靈，母親是人類，所以化成人形也算合理。但是平臺上有兩個人，除非他還有將自己一分為二的本事，否則就真的是人。

人耶，我在父母以外第一次見到的人。他們戴著帽子，繫著領帶，穿著外套，我沒辦法確定，但你若要我猜，我會說眼前二人一個是男孩，一個是女孩。

男孩和女孩。

小孩。

接著是更多聲音，較低的音頻，又有兩人走下階梯，是成人。一個男人，一個女人，是孩子的爸媽。

家庭。

我屏住呼吸，生怕呼氣的聲音傳到對岸，會把他們嚇跑。爸爸抓住我胳臂，警告我別發出動靜。這沒必要，我並不想引起他們注意，只想看，可惜沒帶槍，否則就可以用瞄準器來看個仔細。

這一家人說說笑笑，一起玩耍。說些什麼內容我聽不清楚，但是聽得出來他們很開心。最後，那個爸爸把小小孩抱起來，讓他坐在肩上，回頭走上階梯，我的腿頓時變冷變僵，胃咕咕叫。那個媽媽跟大小孩慢慢跟在後面，也慢慢消失不見。過了好久，我還能聽見他們的笑聲。

我跟爸爸一直蹲在橫木後面，等了一會兒他才起身，伸展筋骨，打開帆布背包，拿出我們的午餐，擺在橫木上。通常爸爸會生火煮茶，可是今天沒有，所以我吃雪，好讓媽媽做的小餅能夠吞下去。

吃完飯以後，爸爸把所有東西收回背包，不發一語，踏上歸程。回家路上我滿腦子都是那一家人。我們距離好近，近到丟石頭都能砸中，如果開槍射他們頭頂的樹林，肯定能引起注意。當時如果我真那麼做了，會怎樣呢？

在那之後，我去過塔夸瑪嫩瀑布很多次，那座瀑布一向很壯觀：寬六十公尺，流瀉的長度將近十五公尺，春季融冰期每秒鐘有五萬加侖的流量，使塔夸瑪嫩河成為東密西西比流量第三大的河。每年有五十多萬人從世界各地來此觀光，不知為何，日本觀光客對它最有興趣。這座公園有遊客中心、餐廳兼迷你釀酒廠、具備沖水馬桶的公廁，以及我寄賣果醬和果凍的禮品店。通往瀑布的小路鋪得不錯，適合步行，公園管理處還在懸崖邊上做了雪松圍籬，防止遊客不慎跌落。確實有死過人，但他是自己跳進水裡幫女朋友撿網球鞋，不是公園管理處的錯。

我跟史蒂芬去年帶女兒來，那是我第一次在冬天重返舊地。現在回想起來，當時就該預料到後來的事，但那時候我只想著女兒第一眼看見瀑布該有多開心。史蒂芬早就說要去了，但我想等瑪莉大到有能力欣賞風景的時候再去。還有，前往觀景臺要下九十四級臺階，回程也要爬九十四階，如果小孩自己走不動，你不會想帶上。

我站在觀景臺的圍欄前，看史蒂芬和孩子們笑著互扔雪球，對面的河岸就是我多年前和爸爸站著的地方。剎那間，我彷彿回到了當年，跟爸爸一起蹲在橫木後面，看著史蒂芬、孩子和我所在的這個觀景臺，就在這一刻，我明白了。

我們就是那一家人。

我好難過，為當年那個十一歲的自己難過。大多時候回首往事，我都能用挺客觀的角度來看那段成長歷程。沒錯，我是罪犯的女兒，是他的俘虜，十二年沒見過父母以外的人，也沒跟父母以外的人說過話，講起來挺悲慘。但我拿到的牌就長那樣，也只能看著辦，只能認清事實，做識實務的事。十二歲的我連撲克牌長什麼樣子都沒見過，是法院指派給我的諮商師說的。

後來，當我站在圍欄邊，望著瀑布那一頭，望著過去的那個我時，心都碎了。我為那個可憐的野孩子難過，她將《國家地理雜誌》視作珍寶，卻不知道球彈起來是怎麼回事，也不知道人與人伸手互握的時候那兩隻手是會動的。她只聽過爸爸媽媽說話，所以不知道每個人的聲音都有所不同。她不了解當代文化，沒聽過流行音樂，不認識科技。她在第一次有機會和外界接觸的時候躲了起來，因為爸爸要她這麼做。

我也為爸爸難過，他知道我渴望變化，我知道他希望藉由展示他心目中的沼澤寶藏，說服我留下。但是見過那一家人以後，我一心只想離開。

我轉身離開圍欄，沒對流淚的原因多作解釋，只說身體不適，需要趕快回家。兩個女兒當然覺得很掃興。史蒂芬把瑪莉放上肩頭，沒多問就開始爬階梯。我帶著艾莉絲慢慢跟在後面，很慢很慢。感覺得出來，她不相信我說的這個理由。

17

光著身子陳屍廚房地上的，不是我先生。那念頭一閃而過，就只是驚嚇過後蹦出來的反應，不合邏輯。

這屍體光著身子，讓人有點難過。不難想見，我爸走進來的時候，這個人還穿著衣服做早餐，現在沒穿衣服肯定是我爸逼他脫的。也就是說，他不但知道自己將死，還在死前受了羞辱。爸爸向來都有喜歡虐待人的那一面，最高戒備的監獄關他十三年大概也教化不了。

比這個讓我更不舒服的，是爸爸根本就不用殺他。爸爸大可以把他綁在椅子上，不想聽他囉唆就塞住嘴巴，然後可以自己拿東西吃、換衣服、睡一下、玩玩牌、聽聽音樂，就在小屋裡躲外面搜索的人，等天黑再上路就好。最後總有人會發現這個人，頂多兩三天，搜索隊一定會發覺被耍了，轉而朝北邊找。這人只要不算太笨，就有很多方法可以自行脫困。但我爸逼他脫光衣服跪地哀求，再從背後朝後腦勺開槍。

我拿出手機，沒有訊號，我還是撥了九一一，有時候看上去沒訊號，電話還是打得出去。結果電話沒通，倒是有一則未讀訊息通知，史蒂芬發了四則訊息，我現在才看到：

妳在哪裡？

還好嗎？

打給我

回家。拜託。我們得談談。

我看看第一則訊息，再看看地上的屍體。我在哪裡？史蒂芬還是不知道的好。

我走到廚房另一頭，想用市內電話，可是沒有撥號音。要不就是這人沒繳電話費，要不就是爸爸把線路切斷。我走到外面，拿著手機在車道上走來走去找訊號，完全不想找腳印什麼的。無論他想玩什麼遊戲，我絕不奉陪，如果這裡收不到訊號，我就開車直奔警局，親自報案，然後馬上回家，回到我先生身邊。警察一定會對我私下搜尋我爸的事很不高興，但對我來說那是小問題。史蒂芬會以為只要兩人都說「對不起，我愛你」就能和好如初，雖然我知道沒那麼容易。他心裡會留下陰影，會記得自己娶了一個壞人的女兒。史蒂芬會假裝一切如故，甚至騙自己接受。事實上他永遠忘不了我身上一半的基因來自我爸爸。此刻他可能就在看電腦，用電腦搜尋沼澤王和他女兒所有的資料。

這一次媒體如禿鷹般分食我的時候，情況會比上次更慘，因為關係到我的女兒。我和史蒂芬就算用盡全力不讓她們受到注意，也只會像企圖擋住瀑布一樣徒勞。瑪莉或許不怕臭名，艾莉絲卻辦不到。無論如何，艾莉絲和瑪莉總有一天會得知我所有的事，得知外公外婆的事，以及她們的外公對外婆做了什麼。一切都在網路上，那期有荒謬封面的《時人》雜誌也在網路上，她們只要Google，就能看到。

那一天來臨的時候，希望我的女兒能夠明白，我很努力想做個比較好的母親，想做得比我媽媽好。我知道她離開沼澤以後適應不良，她不在的那段時間世界未曾停止，同學各自長大成人，結婚生子，或者搬家離開。媽媽當年若沒被人誘拐，很難說會有怎樣的人生。或許中學畢業就嫁人，很快生下兩個小孩，住在爸媽家或是某棟空屋後面的拖車裡，每天做飯、洗碗、洗衣、打掃，同時先生就在外面送披薩或是鋸木頭。認真想想，這樣的生活和沼澤生活的差異並不大。如果你覺得這說法不中聽，那麼容我提醒，我媽離開沼澤的時候才二十八歲，大可以繼續完成學業，成就自己。我明白，我爸誘拐她的時候她年紀還小，受到囚禁的孩子受創很大，那段日子本該是她在情緒和智識上發展成熟的時間。五歲生日的禮物，媽媽親手做的那個娃娃，我常覺得不是為我做的，而是為她自己。

我那段日子也很辛苦，沒有朋友，中輟了學業，外公外婆討厭我，至少看起來是這樣，我也很討厭他們對待我的方式。我恨媽媽鎮日待在房裡，恨爸爸做那些事害她不敢出門。我每天都會想到爸爸，想念他，愛他，我最想要的就是回到過去，回到我們離開沼澤以前的狀態，但不是我們離開前那段混亂的日子，而是我小時候，那是我這輩子唯一真正幸福的時光。

我終於明白媽媽永遠不會變成我渴望的那種母親，特別是在那一天，發現有其他男人在她床上的那一天。我不知道他們交往多久，那個晚上可能是他們的初夜，也可能是第一百天。說不定他愛她，說不定她也愛他，說不定她已經做好準備，要放下過去了。無論如何，這件事毀在我的手上。

當時，我穿好衣服，上樓去上廁所。媽媽房間有兩張單人床，但那是她小時候的房間，我住幾週就再也受不了，搬到地下室去睡沙發了。

廁所門關著，我以為媽媽在裡面，所以先去她房間找書看，等她出來。在沼澤的時候媽媽總是在廁所裡待很久，我等習慣了。當時我以為她身體不好，後來才想通，戶外廁所是她僅有的獨處空間。

走到門口我站住了，有個男的側躺在我媽床上，被子沒蓋好，露出赤裸的身子，頭枕在手肘上。我知道這是在幹什麼，十四歲的孩子大多都知道。如果你跟爸媽住在超小的小屋裡，經常跟他們光著身子待在汗屋裡，又有很多《國家地理雜誌》的原住民裸體圖片可看，非得很笨很笨才有可能不明白床為什麼會吱吱叫。

那人發現進門的不是我媽，立刻坐起身拉被子蓋住腿，我伸出手指放在嘴上要他別作聲，抽出小刀，坐在床上面對他，刀尖對著他的私處。他坐直身子舉手投降，動作快得好笑。我用刀指指地板上的衣服堆，他在裡面挑出自己的衣服，穿上襯衫、內褲、襪子、褲子和靴子，躡手躡腳離開。我跟他沒講半句話，整個過程不到一分鐘。媽媽發現他不在之後，哭了起來。就我所知，他再也沒回來。

發生那件事以後，我開始計畫離家出走。離開沼澤之後，我常一個人跑到樹林裡過夜，想去就去。但這次不同，這次是有計畫的，永久的。我拿麻袋裝了整個夏天要用的東西，跑到塔夸瑪嫩河，偷艘獨木舟，回到小屋。我打算捕魚打獵度日，或許還會找找我爸，總之轉換一下生活，過點自由自在的日子。第二天，警察就坐著巡邏艇找到我。我太傻了，獨木舟失竊加上野孩子失蹤，大家一定會馬上想到我們的小屋。

那是我第一次逃家，後來還有許多次。從某個角度來說，自從那一次以後，我從未停止逃亡。

天空劃過一道閃電，接著是雷聲，毛毛細雨變成了大雨。我把手機收進口袋，往車子跑。藍波很安靜，這不像牠。通常牠會叫，告訴我牠想進車裡，即使我叫牠閉嘴趴下也沒有用。以普羅特獵犬而言，藍波算是訓練得很不錯，可是每個品種都有極限。

我閃出車道，找最大的一棵短葉松來躲雨，可是沒什麼用，樹蔭頂多二十五公分而已。我站在那裡，一動也不動。獵人身著偽裝靠樹站著，只要不出聲，就能隱身。我沒有偽裝，但說到隱身與樹林融為一體，我可是經驗老道。我的聽力也是一流，能跟我並駕齊驅的可能只有我爸。起初我很驚訝別人的聽力怎麼那麼差，後來才想到這也是我成長經驗造就的結果，別人每天要聽很多噪音，收音機、電視、街上的人與車，而我不用。我懂得分辨極微小的聲音。一隻老鼠在松針間覓食，一片葉子在樹林中落地，雪鴞幾近無聲的振翅。

我靜靜等。車上沒有狗叫，沒有狗爪抓金屬的聲音。我吹口哨，一聲長音，緊接著三聲短音。第一聲的頻率較低，後三聲微高。我的狗訓練有素，聽得懂這哨音。雖然騙不過山雀，可是我爸有三十年沒聽見山雀叫了，或許我能騙過他。

依然沒有動靜。我從牛仔褲後口袋拔出槍，在灌木叢裡匍匐前進。車子好像變得有點低，靠近一看，在駕駛座那一側的兩個輪胎洩了氣。

我起身走到車子後面，空空如也，藍波不見了。

我吐出憋著的氣。狗繩被切斷，肯定跟劃破輪胎的是同一把刀，爸爸從那小屋拿的。我恨自己沒有先見之明，早該想到爸爸引我去小屋不會只是想見我。這是測驗。他想玩我們從前玩過的追蹤遊戲，最後一次證明他打獵和追蹤比我強。妳一切都是我教的，現在就來看看妳學得有多好。

他帶走了藍波，所以我別無選擇，只能跟著走。這種事他以前也做過。在我九歲還是十歲的時候，已經擅長追蹤，爸爸就發明一個辦法，提高賭注來讓遊戲更具挑戰性。如果我在時限之前找到他，就得開槍射他。時限通常是日落，但也不一定。如果我沒來得及開槍，爸爸就會拿走某件對我而言重要的東西：我收集的香蒲、我備用的襯衫，和我用柳條作成的第三套弓箭（那真的可以使用）。最後三次比賽都是我贏，賭注是我的小鹿皮手套、我的刀，和我的狗。

我繞到車子另一邊，那一邊的兩個輪胎也扁了。兩組腳印過了馬路進了樹林，一人一狗，清楚得不得了，簡直像用螢光漆塗完還畫上箭頭。如果有人從上往下看，從我所在之處依據腳印推估那人那狗的去處，那麼，終點就在我家。

也就是說，這次的賭注不是我的狗，而是我的家人。

18

小屋

赫爾嘉有時真邪門。每當她母親站在門檻上，或走進院子的時候，常見到她坐在井邊，揮舞手腳，然後忽然落入井中。

她具備青蛙的本事，能在深深的井裡潛水，又能像貓似的爬出來，溼淋淋進屋，水從身上飛旋而去，將鋪在地板上的綠葉也捲走。

——漢斯．克里斯蒂安．安徒生，《沼澤王的女兒》

爸爸帶我去看瀑布已經是幾星期前的事了，我還是一直想著那一家人，想著兩個孩子在階梯上跑上跑下的樣子。男孩和女孩丟雪球、扭打和大笑的時候，他們的父母勾肩微笑。因為外套圍巾加帽子的緣故，我不確定兩個孩子的性別，但我在心裡把他們想成一男一女，男孩跟《國家地理雜誌》裡的雅克．伊夫．庫斯托一樣，戴著紅帽子，我就給他取名庫斯托。他妹妹就用庫斯托的船名，卡呂普索。還沒發現庫斯托那篇文章以前，紅鬍子艾瑞克和他兒子萊夫．艾瑞克森是我最喜歡的探險家，但他們只在水上航行，庫斯托卻去水下探索。每次我跟爸爸講庫斯托的發現，爸爸都說眾神有一天會懲罰庫斯托，因為他膽敢跑去凡人不該去的地方，看凡人不該看的東西。我不覺得眾神會在乎這種事，我自己也想知道沼澤底有什麼哩。

我跟庫斯托，還有卡呂普索，什麼事都一起做。我把他們想得比觀景臺上那兩個小孩大一點，這樣子比較適合跟我作伴，也才能在我做事的時候幫忙。我編了一些故事，比如說「庫斯托、卡呂普索和赫蓮娜在水狸池塘游泳」、「庫斯托、卡呂普索和赫蓮娜一起冰上釣魚」、「庫斯托和卡呂普索幫赫蓮娜抓到一隻擬鱷龜」。沒紙沒筆，我就在腦子裡覆述一遍又一遍，牢牢記住。我知道真正的庫斯托和卡呂普索跟爸媽住在一起，家裡有《國家地理雜誌》上那種廚房。故事的場景若要設定在他們家也可以，例如「庫斯托、卡呂普索和赫蓮娜一邊用全新的ＲＣＡ彩色電視機看節目，一邊吃吉飛牌爆米花」。然而，與其想像自己進入他們的世界，還是把他們帶進我的世界比較簡單。

媽媽說庫斯托和卡呂普索是我「幻想的朋友」，她不懂我為什麼寧可跟幻想的朋友玩，也不跟她做的娃娃玩。我不想，而且就算我想，也來不及了，娃娃依舊銬在柴房裡，但所剩不多，身上全是箭孔，填充物也快給老鼠咬光了。

爸爸從沒跟我聊過那一家人的事，從瀑布回家路上沒說，接下來幾週一個字也沒提。起初他的沉默讓我有點困擾，因為我滿肚子疑問。那一家人是哪裡來的？怎麼抵達瀑布？開車還是走路？如果用走的，就一定住在附近，因為那兩個小孩太小，走不遠，而且他們沒穿雪鞋。那兩個小孩叫什麼名字……不是我取的，他們真名叫什麼？年紀多大？愛吃什麼？有沒有上學？有沒有電視機？有沒有看見我跟爸爸在瀑布另一頭看他們？現在是不是跟我一樣有好多疑問？

我好想得到答案，多少都好。我考慮拿背包裝兩三天的補給品，趁沼澤的冰還沒融化，穿過樹林去找他們的家。就算找不到他們，說不定會找到另一家人，跟他們一樣有意思。我一直都知道世界上有很多的人，但直到現在才發現有些人離我們並不遠。

有一點是確定的：我無法永遠留在沼澤。家裡的東西越來越少，但這不是唯一的問題。我爸比我媽老很多，總有一天他會死。只要還有槍彈，我跟媽媽就能勉強存活，可是媽媽終究也會死，到時候我怎麼辦？我不想一個人在沼澤過活，我想要配偶。那篇講亞諾馬米的文章裡有個男孩長得很順眼，肩膀上像披肩似的圍著一隻死猴子，沒穿別的。我知道他住在世界另一端，我們可能永遠不會相見，可是一定有個差不多年紀的男孩在離我比較近的地方，可以跟我配對。我想，要是找得到，就可以帶他回沼澤，生兒育女，一兒一女應該挺不錯的。

沒見到那一家人之前，我還沒有具體的想法，現在我有把握了。

那幾週爸爸為獵春鹿出門三趟，每次都空手而回。他說獵不到鹿是因為眾神要懲罰我們，所以土地受到詛咒，卻沒說是為了什麼。

第四次，他帶上我。爸爸認為如果由我來開槍，詛咒就會破解。我不知道這是真的還假的，但只要能讓我開槍射鹿，怎麼說都行，我都信。自從獵到第一隻鹿以後，我每年都問爸爸可不可以讓我再試一次，每年爸爸都說不可以。我真不懂，如果不想讓我幫忙獵鹿來加菜，幹嘛費那麼大力氣教我用槍。

庫斯托和卡呂普索留在家裡。爸爸不喜歡我提這兩個名字，也不喜歡我跟他們玩。有時候我故意拿這氣他，但今天不行。爸爸為詛咒的事已經很生氣，我都考慮把他們送走了（庫斯托和卡呂普索前往雨林探訪亞諾馬米，赫蓮娜未能同行）。藍波也沒去，拴在柴房裡。爸爸說，藍波很會趕熊出窩，幫忙捉浣熊也不錯，但是獵鹿不能帶牠，因為鹿太容易受驚了。我不懂這怎會是問題，就算藍波嚇到鹿，也能輕而易舉追到牠們，藍波能在冰上跑，細細的鹿腿卻會踩破冰。我們只要跟上去開槍就好。有些時候我認為爸爸之所以訂下那麼多規矩，只是因為他可以。

槍在我手裡，所以我走前面。我喜歡這樣，領頭的人可以挑自己想走的路，爸爸只能跟。想到他給我取的小名邦吉—阿嘎娃特雅，我笑了，我不再是他的小影子。

我朝我射殺第一隻鹿的小山走，因為那座小山帶給我好運，希望這一回還能射到懷著雙胞胎的母鹿。

到達爸爸常設陷阱的廢棄水狸窩，我打手勢叫爸爸蹲下，接著脫掉手套，蹲到他旁邊，弄溼手指測風向，再數到一百，就算有鹿聽見我們的聲音，這段時間也能平靜下來。緩緩地，我抬起頭。

在水狸窩的另一邊，在我們和鹿群所在的雪松沼澤中間，在一片空地上傲然挺立的，是一隻狼。那是一隻公狼，比土狼大一倍，比我的狗大兩倍，頭巨額寬，胸頸的毛是深色的，十分厚實。在這之前我只看過工具間的狼皮，沒看過真狼，但是這隻絕對是。現在我知道為什麼爸爸獵不到鹿，不是土地受到詛咒，是來了新的掠食者。

爸爸拉我袖子，指了指槍，用嘴型無聲地說：「開槍。」指指自己的胸，告訴我該射哪裡才不會弄壞皮毛。我盡可能小心地舉起槍，從瞄準器看，那隻狼沉穩地回望，一副充滿智慧的樣子，彷彿知道我們在這裡，完全不在乎。我扣住扳機，狼沒動。我想起爸爸的故事。*Gitche Manitou* 派狼陪原住民走遍大地為植物和動物命名，任務完成以後，*Gitche Manitou* 下令要人和 *Ma'iingan* 分道揚鑣，那時他們相處已久，已經親如兄弟，所以對阿尼什納貝來說，殺狼之罪等同殺人。

爸爸捏我胳臂，我能感受到他的激動、他的憤怒和不耐煩。他肯定恨不得能出聲說：「開槍。」我的胃繃了起來，腦中浮現工具間那堆毛皮，想到爸爸的陷阱將原本在此生活的水狸趕盡殺絕。那匹狼如此不設防，射殺*Mai'iigan*無異於殺我的狗。

我放低槍口，起身拍手大叫。那狼回頭望了我一會兒，然後優雅地一躍而去。

我決定不對那隻狼開槍的時候，就知道要受罰入井。我不知道的是，爸爸竟搶過槍，拿槍托用力打我的臉，把我打倒在雪地上。更沒想到他會一路用槍抵著我的背，押我回家，好像我是犯人一樣。真希望我能說我不在乎，事實上我真的很難過，但我別無選擇。我不喜歡忤逆爸爸，我知道他很想要那塊狼皮，但那隻狼也是。

我蹲在黑暗中想這些，不能坐，因為爸爸在井裡鋪滿鹿角、肋骨、碎玻璃和破盤子……各種能在我坐下時割傷我的東西。小時候我會勉強側身躺在枯葉堆裡，有時會睡著，大概就是因為這樣，爸爸才往井裡扔那些東西。靜默反省時間不該是舒服的。

這口井深而窄，要想伸直胳臂只有一個辦法，就是高舉過頭，每次手麻我就這麼做。當時的我還得再長兩公尺才能搆得著井上的蓋子。

蓋子不透光，所以我不知晨昏，也不知道關在裡面多久。爸爸說蓋房子的人做這蓋子是怕小孩掉進去。我只知道爸爸想關我多久就關多久，想放我出來的時候才會放我出來。有時候我會想，要是他永遠不放我出去怎麼辦？《國家地理雜誌》上說，尼基塔．赫魯雪夫想炸我們，要是蘇維埃政府真的朝美國丟炸彈，炸死了我爸和我媽，那我會怎麼樣呢？我盡可能不要太常想這些，一想到，就呼吸困難。

我好疲倦，雙手雙腳都沒了知覺，牙齒打顫，但是整個人不再發抖了，這是好事。這一次，爸爸讓我穿著衣服，這很有幫助。我的門牙鬆了，臉頰很痛，但真正教人擔心的是腿。被爸爸丟進來的時候有東西割傷我的腿，我用衣角擦掉血，用圍巾當止血帶，可是不知道有沒有用。我努力不去想那次跟老鼠一起待在井裡的事。

「妳還好嗎？」

我張開眼睛，卡呂普索坐在我爸獨木舟的前座上，獨木舟隨著水流輕輕搖擺，天氣晴朗溫暖，香蒲在微風裡彎腰點頭。有隻老鷹俯衝下來，往水裡啄。遠處傳來紅翅黑鳥的叫聲。獨木舟在蘆葦叢裡，庫斯托在後座。

「跟我們走，」卡呂普索說，「我們要去探險。」她笑著伸出手。

我起身時腿有點軟，好像撐不住身體。我抓著她的手，小心翼翼上了船。爸爸的獨木舟只有兩個座位，所以我坐在他們中間，船身是金屬，坐起來冰冰的。

卡呂普索用槳推河岸，我們就出發了，水流強勁，卡呂普索和庫斯托只要掌握方向就好。獨木舟順流而下，我想起初相見的那一天。真高興我們變成好朋友。

「有東西吃嗎？」我非常餓。

「當然有。」卡呂普索回頭對我笑，牙齒很白很整齊，眼睛跟我媽媽一樣藍，頭髮很多，髮色很深，綁成辮子，跟我一樣。她從麻布袋裡拿出一顆蘋果給我，有我兩個拳頭加起來那麼大。我爸說這種蘋果叫狼河，我家附近的蘋果有三個品種，這是其中之一。我咬一口，果汁流了滿臉。

我把整顆蘋果吃光光，籽都不剩。卡呂普索笑著再給我一顆。這一次我留下蘋果核，扔進河裡給魚吃，順便讓河水沖掉手指上黏黏的感覺。水很冷，卡呂普索划槳揚起的水珠也冷。我們沿途看見了沼澤金盞花、藍旗鳶尾花、火焰草、木百合、聖約翰草、黃旗鳶尾花、水草和鳳仙花。我從來沒有一口氣見到這麼多顏色，各種不同花期的花都同時開了，彷彿是沼澤為我們而表演。

水流越來越急，我們行近懸在纜繩上的牌子，這次可以看清楚全文了：**危險。前方有急流。船隻不可超越此點**。經過正下方的時候，我低了低頭。

轟隆隆的聲音越來越大，我知道瀑布要到了。我眼看獨木舟朝前翻覆，陷入泡沫和水霧中，消失在漩渦裡。我知道我會淹死，我不怕。

身後的庫斯托突然說：「你爸不愛你。」我聽得好清楚，可是上次我跟爸爸離瀑布太近的時候，講話都要用喊的。「他只愛自己。」

「沒錯。」卡呂普索說。「我們的爸爸愛我們，他絕對不會把我們關進井裡。」

我想到初見面那天，他們的爸爸陪他們一起玩，笑著抱起卡呂普索放到肩頭，笑著走上階梯。我知道她說的是實話。

我用外套袖子擦眼睛，不知道眼睛為什麼沾溼，我從來不哭的。

「沒關係，」卡呂普索靠過來拉住我的手。「不要怕，我們愛妳。」

「我好累。」

「我們知道，」庫斯托說，「沒關係，躺下來，閉上眼睛，我們會照顧妳。」

我知道這也是實話，就照做了。

媽媽說，我在井裡待了三天。真沒想到人不吃不喝竟然能活那麼久，但顯然可以。她說爸爸終於打開蓋子放下梯子的時候，我已經虛弱得爬不上去，爸爸只好下去背我，像背死鹿那樣背上來。她說她好幾次想打開蓋子送食物和水給我，但是爸爸逼她坐在廚房椅子上，拿槍指著她，我在井裡的時候一直如此，所以她沒有辦法。

媽媽說，爸爸帶我進屋以後，像扔麵粉袋似的把我往爐子旁邊一扔，就走開了。她還以為我死了。她把他們的床墊拖到廚房，把我滾上去，拿被子蓋住我，又脫掉衣服鑽進被子裡抱住我，直到我的體溫恢復為止。她或許真這麼做了，但我不記得。我只記得顫抖著在床墊上醒來，臉和手腳都像火在燒。我滾下床墊，穿上衣服，搖搖晃晃出去上廁所，努力想尿，卻尿不出來。

隔天，爸爸問我學到教訓沒有，我說學到了。我想，我學到的並不是他想教的。

19

路上那些腳印傳達的訊息再明顯不過：我要去妳家。追上我——阻止我——救他們——就看妳辦得到辦不到。

我打開車門，往口袋裝彈藥，能裝多少裝多少，再取下車窗上方的魯格步槍，然後摸摸手槍，調整刀在腰帶上的位置。爸爸從那老人的小屋拿了兩把手槍和一把刀，我有一把手槍、一把步槍，還有從小隨身攜帶的鮑伊刀。我們算是旗鼓相當。

我不確定爸爸知不知道我有先生小孩，或者他知不知道我就住在他小時候住的地方，但我得假定他知道，他有很多方法可以知道。囚犯不能上網，可是我爸有律師，律師能接觸到稅務紀錄、不動產紀錄，還有結婚、出生和死亡證明。爸爸可以設法要他的律師去查他爸媽家新住戶的底細，那名律師會連自己被操縱了都不知道，可能還以為自己是為了某些無害的原因來監視這棟屋子。如果律師看見我，又正好在回報時提到刺青，爸爸一定馬上就能猜到是我。我不只一次懷疑當初應該將刺青全部移除，不管要花多長時間，要花多少錢。現在看來，我應該連名字都完全改掉，不應該只改姓。但當年的我怎會知道九年後會帶給家人危險？我又不是要躲警察，又不是要躲黑社會追殺，也不是要加入證人保護計畫。我只是個十八歲的女孩，想要開啟嶄新的人生。

還有另一種可能，更邪惡。說不定我之所以住在那裡，是我爸促成的。說不定他爸媽原本在遺囑裡把房子留給**他**，而他故意把遺產讓給我，以便掌握我的下落。這樣想可能高估他了，但是他逃獄的手法如此高明，還迫使我照他的意思走，我不得不承認之前實在低估他，不能重蹈覆轍。

看看手機，依然沒有訊號。我傳簡訊警告史蒂芬，叫他離開，希望傳得出去。我朝西走，避開爸爸認為我會走的小徑。假如我想追蹤爸爸，肯定辦得到，人類穿越樹林必然留下痕跡，無論多會掩蓋蹤跡，都避免不了。小樹枝會被踩斷，泥土會移動位置，草會給踩出傷來。靴子會從地上帶起東西，轉移到其他平面上：小沙粒落在木頭上，青苔落在原本光滑的岩石上。而且，爸爸帶著我的狗。除非他抱著藍波走路，或是扛著，否則我那隻三條腿的獵犬必定會留下明顯的足跡。

可是，就算雨沒沖掉那些痕跡，我也不跟。如果我跟上去，就輸定了。我必須超前。爸爸不知道我女兒不在家，但我知道我先生在。這裡離我家不到八公里，我常在這裡打獵，所以很熟。這條路和我家之間隔著兩條小溪、一個水狸池塘和一個很陡的溪谷。我爸必須渡溪，而高處又只有伐後新生的白楊與矮松，爸爸不想被看到就得壓低身子前進。雨一直下，溪水會漲，水流會變急，他若想在溪水暴漲前過溪，動作必須很快才行。

這一切爸爸都跟我一樣清楚，他從小就在這裡混。他所不知道的……他若沒看過最近的衛星圖片就不會知道……介於此處與我家之間的那片森林已經在三四年前被砍光了。而且，伐木工人留下的產業道路直通我家後面的溼地。

這是他的第一個失誤。

我開始跑，腳步輕快。爸爸比我早出發十五分鐘左右，如果我平均時速八公里，他四公里，那我就能攔住他。他在灌木叢間費力前進，上坡下坡又涉水，而我跑得輕輕鬆鬆。他想方設法掩人耳目，而我根本沒跟著那些蹤跡走。他不知道這一次我又要贏了。他想都想不到事情沒照他的計畫，因為在他的宇宙裡，他是太陽，別人全繞著他轉，一切都得遵照他的律令。

但我已不再是那個仰慕他的孩子，不再受他操縱控制。誤以為我和從前一樣，是他的第二個失誤。

我會找到他，阻止他，他上一次坐牢是因為我，這一次我也辦得到。

我從外套口袋拿出手機，腳下繼續跑，眼睛看時間。半小時，感覺上遠遠不止。我應該跑到一半了，但有可能更遠，也可能還不到，因為平常用作路標的樹都被砍掉了，所以很難判定我在哪裡。右手邊小山上的短葉松普通到不行，沒辦法用來定位，不過是伐木工人砍都懶得砍的矮樹而已。

左手邊呢，光禿禿的，相形之下右邊的樹都顯得格外茂盛。沒有比砍光的樹林更醜的了，遍地都是集材機的車痕，還有砍剩的樹幹。遊客以為上半島是一片美麗的原始荒地，殊不知就在距離主要公路幾百公尺之處，大片的森林都已變成紙漿。

這個州從前有壯觀的紅松白松，可是八〇年代木材大亨宣稱他們擁有這片樹林，砍伐後的木材用木筏載送，經密西根湖去建設芝加哥。現今伐木工人砍的都是後來長的樹，白樺、白楊、橡樹、短葉松。這些都砍完以後，土壤就只長得出苔癬和藍莓了。

我跟爸爸砍柴的時候，只挑最大的樹，只砍需要的量。這對森林是好事，因為這麼一來小樹就有空間可生長。「要等到最後一棵樹死了，最後一條河變毒了，最後一條魚被抓了，白人才會發覺錢不能吃。」這是我爸很愛說的一段話，另外還有：「這個地球不是祖先留下的遺產，是我們跟下一代借的。」從前我以為是他編的，後來才知道這是有名的美國原住民諺語。總之，原住民懂得資源永續的道理，早在有這個名詞之前就懂了。

我繼續跑。這條路好走但是距離比較遠，我沒有絕對的把握能比爸爸早到。跑步沒我想得簡單，產業道路號稱道路，可是崎嶇難行，有些地方陡得像在懸崖上跑，有些地方沙很深，有些地方有坑洞，偶爾還有岩石和樹根突出地面。我跑得很喘，肺快燒起來了，頭髮和外套都已淋溼，靴子和褲腳也因為踩到水坑而弄溼了。每跑一步，背上的步槍就敲我一下，我的背大概已經瘀青。小腿肌肉哭喊著要我停下來。我喘不過氣，好想休息，好想尿尿，唯一能夠讓我繼續前進的只有一個念頭，就是，如果不繼續跑，史蒂芬會有什麼下場。

就在這個時候，在我右邊，傳來狗吠。那尖銳的叫聲任何一個普羅特獵犬飼主都認得。我彎下腰，雙手撐膝，喘到呼吸漸漸放慢。我笑了。

20

小屋

秉性邪惡的野孩子令維京人的妻子十分傷心，可是到了晚上，女兒美麗的外表褪去以後，她就跟赫爾嘉傾訴傷心的感受。醜陋的青蛙會站在她面前，用那雙充滿同情的棕色眼睛仰望母親的臉，聽她說話，彷彿和人類一樣能夠理解。

「妳的苦難就要到了，」維京人的妻子說，「那對我來說也很痛苦。與其這樣，還不如當初不要撿妳，讓寒冷的夜風吹妳入睡就算了。」維京人的妻子流下眼淚，懷著悲憤走開。

——漢斯．克里斯蒂安．安徒生，《沼澤王的女兒》

井裡的時光教會我三件事：一，爸爸不愛我。二，爸爸愛怎樣就怎樣，不顧我死活與感受。三，媽媽沒我以為的那麼不在乎我。對我來說，這些是大發現，大得需要仔細思考。三天之後，庫斯托、卡呂普索和我還在整理思緒。

同時，我從失溫後的瀕死經驗中學到另一件事，《國家地理雜誌》那篇一九一二年史考特遠征南極失敗的文章是這麼說的：只要沒凍掉手指腳趾，身體回溫你就沒事了。回溫的過程一點都不好玩，比用鎚頭砸爛大拇指、開槍回火和大面積刺青更痛苦，希望我這輩子永遠不要再經歷一次。但在那之後，我發現自己比想像中更堅強，也算是不小的收穫。

我不知道爸爸放我出來是因為知道我已到達極限，還是本想殺我卻沒算好時間。庫斯托和卡呂普索是這麼說的，或許他們說得沒錯。

我只知道我睜開眼睛以後，每個人都很生氣。庫斯托和卡呂普索氣我爸那樣對我。媽媽氣他的原因也是這個，但她也氣我，氣我不該把爸爸惹到要殺我。爸爸氣我不肯開槍射狼，氣媽媽在他放我出來以後照顧我。我不記得媽媽鑽進被子幫我暖身體，但她臉上挨揍的痕跡就是證明。怒氣在家裡惡性循環，四處瀰漫，簡直令人窒息。幸虧爸爸大多時間都一個人待在沼澤。我不知道他是想射春鹿還是想射那隻狼，也不在乎。我只知道每天晚上他回家的時候，都比出門時更加憤怒。他說看到我跟媽媽就想吐，只想離我們遠一點。我沒告訴他，庫斯托和卡呂普索對他也有這種感覺。

我們的鹽用光了，媽媽發現的時候已經統統用完，她把空盒子扔到牆上，嚷著說這是最後一根稻草，為什麼我爸沒早作準備，沒有鹽她要怎麼做飯。我以為爸爸會給她一巴掌，然後罵回去，但他只說歐吉布威人從來不用鹽，鹽是白人來了才有的，她會慢慢習慣，習慣了就好。我想念有鹽的日子，野菜不見得都好吃，有些東西就算換水煮過好幾次，還是難以下嚥。牛蒡就是一種很難習慣的食物，芥菜我也不喜歡，加了鹽會好一點。

第二天早上，一切歸於沉寂，媽媽做麥片粥給我們當早餐，沒再提起鹽的事。我不喜歡麥片粥的味道，爸爸的湯匙在碗裡划來划去，最後只吃半碗，顯然也覺得難吃。媽媽一派自然，把她那碗吃光光，我猜她一定偷偷存了一些鹽給自己用。爸爸穿上雪鞋、背起步槍出門後，我花了一整個早上，外加大半個下午，把家裡翻過一遍。儲藏室、客廳、廚房，都沒有。媽媽應該不會把鹽藏在她跟爸爸共用的臥室，也不可能在我房間，如果真在我房間，那還挺厲害的，如果我是她，有可能會那麼做，但媽媽沒那麼聰明。

那就只剩地下室了。我真不該等到開始下雪才想到要找這裡，光線變得好暗。小時候我常把自己關在裡面，假裝那是潛水艇或熊窩，或是維京人的墳墓，可是現在我再也不喜歡小小黑黑的空間了。

可是我需要鹽。所以媽媽一往戶外廁所走，我就立刻把廚房窗簾拉開到極限，拿椅子當門擋，撐住地下室的門。我雖然很想拿油燈照亮地下室，但爸爸不在家的時候不能點燈。

地下室非常小，我不知道蓋這棟房子的人拿它放什麼，但自我有記憶以來，地下室一直是空的。小時候我站在裡面還有餘裕，現在不但得靠牆坐，膝蓋還會頂到下巴。我閉上眼睛去習慣黑暗，快速在牆上和樓梯後面摸一遍，手指沾到蜘蛛網，灰塵害我打噴嚏，我在找鬆脫的木板，或門把和釘子之類突出來可以當掛鉤的東西，盒裝或袋裝的鹽可能就藏在裡面或掛在上面。在某階樓梯和外牆之間，我手指碰到紙。蓋這小屋的人在牆上釘報紙來隔熱防寒，但這摸起來不像報紙，再說，所有的報紙早就被我們當火種用完了。我把紙摳出來拿到桌上，坐在桌邊看，這些紙捲成管狀，用繩子捆著，解開繩子就攤開在我手中。

是本雜誌。不是《國家地理雜誌》，封面不是黃色的，紙也太薄。光線太暗，看不清楚，我打開爐子，拿一片雪松從煤堆裡引火點燈，然後捏熄木片上的火，放進槽子裡，以免不小心燒掉小屋。我把油燈拿近一點。

大大的黃字印在粉紅色背景上方：少年。應該是這本雜誌的名字吧。封面上有個女孩，看起來年紀跟我差不多，也留著長長的黑髮，但是捲捲的，沒綁辮子，跟我不一樣。她的毛衣上有四種顏色，橘、紫、藍、黃，圖案是鋸齒狀的，跟我腿上的刺青很像。照片旁邊寫著「外表出色讓妳高人一等」，另一邊是「魅力造型：增加吸引力的方法」。雜誌裡有同一個女孩的更多照片，其中一則圖片說明說她叫香儂．陶荷提，是電視明星，演了一部叫做《飛越比佛利》的影集。

我轉而看起目錄：「地球在呼救——妳能做什麼」，「快速減肥法：安全還是可怕？」「書籤夾：附送時尚記事本」，「最性感的的猛男電視新秀」，「對的人：他真的適合妳嗎？」，「少年愛滋患者：令人心碎的故事」。我看不懂這些標題，不知道它在講什麼。翻翻內容，有張照片下面寫著：上學也要美美的。照片裡一群小孩站在黃色巴士旁邊，看起來很開心。這本雜誌裡找不到廚房用具的廣告，廣告都是名為「唇膏」、「眼線」、「腮紅」之類的物品，我想應該是用來把嘴唇變紅、臉頰變粉紅、眼皮變藍的東西吧。我想不通那些女孩為何要這麼做。

我坐在餐桌前，手指輕敲桌子，咬著拇指指節，努力思索。這些雜誌是哪裡來的呢？怎麼會在這裡，在地下室藏多久了？怎麼會有人做出一份只有只有男孩女孩的雜誌？

我把油燈拿近一點，一頁頁再翻一次，各種東西都用「辣」、「炫」、「酷」來形容，孩子們跳舞、玩音樂、開派對，照片明亮多彩。就連汽車都跟《國家地理雜誌》上看到的不一樣，光亮豪華，比較貼地，像鼬鼠，不像圓胖的水狸。這些車還有名字，我特別喜歡一輛叫「野馬」的，因為它名字裡有「馬」這個字，應該跑得很快。

媽媽在門廊外跺腳，以免靴子把雪帶進來。我本來想趕快把雜誌藏起來，但是何必藏呢，媽媽看到也沒關係，我又沒做錯事。

「妳在幹嘛？」她用力關上門，甩掉頭上的雪，對我大吼。「妳明知道雅各還沒到家，不能點燈。」她把外套掛到門邊的鉤子上，走過來熄燈，一見到雜誌就站住了。「妳在哪裡找到的？妳拿它做什麼？這是我的，給我。」

她伸手拿雜誌，我啪一下打她的手，起身拔刀。太荒謬了，這本雜誌怎麼可能是媽媽的，媽媽沒有自己的東西。

她退後一步，舉起雙手。「拜託，赫蓮娜，把書給我，我保證妳什麼時候想看我都會讓妳看。」

我想做什麼，她哪裡阻止得了。我用刀指著她的椅子說：「坐下。」

媽媽坐下，我也在她對面坐下，刀放在桌上，雜誌拉到我們中間。「這是什麼？哪裡來的？」

「我能碰它嗎？」

我點點頭。她把雜誌拖過去，慢慢翻頁，翻到有深色頭髮深色眼睛的男孩那一頁。「尼爾·派屈克·哈里斯。」她嘆了口氣。「我像妳這麼大的時候好迷他，妳都不知道我有多迷啊，我到現在還是覺得他很帥。《天才小醫生》是我最喜歡的影集，《天才老爸俏皮娃》跟《救命下課鈴》我也很愛。」

我不喜歡媽媽知道我不知道的事情。我不知道她在說什麼、這些人是誰、我媽為什麼一副認得他們的樣子。她怎麼好像很在乎雜誌裡的人，就像我在乎庫斯托和卡呂普索一樣。

「求求妳別跟雅各講，」她說，「妳也知道他要是發現了會怎麼做。」

我很清楚爸爸會怎麼處置這本雜誌，尤其是知道這對她很重要以後。我把最喜歡的一本

《國家地理雜誌》藏在床底下，不是沒有原因的。我答應媽媽……不是因為想保護她，而是因為我還沒看完。

媽媽又把雜誌翻了一遍，然後叫我看。「妳看這件粉紅色的毛衣，以前我也有一件一模一樣的，常常穿，太常穿了，我媽說要是她准，我八成連睡覺都穿。還有這一件……」她翻回封面。「媽媽說等我們去買上學穿的衣服，她就會買這件給我。」

很難想像媽媽跟雜誌裡的女孩一樣，穿那些衣服，逛街，上學。「這本雜誌妳哪兒來的？」剛剛媽媽沒有回答，所以我再問一遍。

「這……說來話長。」她緊緊抿著嘴，像是聽到爸爸問她不想回答的問題，例如，為什麼讓火熄了？為什麼他最喜歡的上衣她說洗了，卻還是髒的？為什麼他的襪子還沒補好？為什麼不多提點水，多拿點柴進來？到底什麼時候她才能做出像樣的餅？

「說來話長就趕快講。」我跟爸爸一樣緊盯住她眼睛，讓她知道我不接受沉默。這下子有意思了，我媽從來不說故事的。

她望向別處，咬住嘴唇，好一會兒才嘆口氣說：「我十六歲的時候，你爸說，我懷孕了。你爸要我用小屋的窗簾跟被子來做尿布跟嬰兒服，可是我不知道要怎麼縫。」她笑了，彷彿覺得自己不會縫東西是有趣的事，又有點像是在編故事。

「我勉強用他的刀把一條被子裁成尿布，可是沒有剪刀和針線我實在不可能幫妳做衣服，而且還要有安全別針才能讓尿布固定在妳身上。你爸聽我說完這些轉身就走……妳也知道他就是這樣。他離開了好一陣子，回來的時候說我們要去逛街。這是從……從他帶我回來以後我第一次出沼澤區，我好興奮。我們去的是一個叫凱瑪的大賣場，需要的東西它應有盡有。排隊結帳的時候，我看到這本雜誌，妳爸絕對不可能買給我，所以我趁他不注意的時候，捲起來塞進衣服裡。回到小屋又趁他下貨的時候，藏進地下室，然後就一直放在那邊。」

媽媽搖搖頭，彷彿不敢相信自己也有那麼勇敢的時候。要不是雜誌就在桌上，我也不信。我在腦中想像每次我跟爸爸出去，她就把雜誌拿出來在餐桌上看，如果是晴天，就去屋後的門廊看。用她原本應該做飯打掃的時間看。我真不敢相信她從我出生前就這樣，而且從沒被爸爸抓到，還有，這本雜誌的年紀跟我一樣大。

有個念頭逐漸成形。我看著封面上的日期，如果雜誌是媽媽懷我的時候拿的，我現在十二歲，那這本雜誌也有十二歲了。

我承認，我很失望。我比較希望這些孩子跟我一樣。我當然有年月日的概念，知道重要事件旁邊標注年分是為了讓大家知道事情發生的先後。但我從沒想過自己是哪一年出生，現在又是哪一年。媽媽一直在記錄時間，用炭畫在廚房牆上的日曆來記。而我一直比較在乎特定的時間和日期會有怎樣的天氣。

現在我才發覺，哪一年出生其實很重要。我用今年減去《國家地理雜誌》的出版年分，只覺得肚子像被爸爸打了一拳。**那本《國家地理雜誌》已經五十歲了**，比《少年》還老，比我媽還老，甚至比我爸還老。我那些亞諾馬米的兄弟姐妹現在不是小孩，而是老男人和老女人了。那個臉上刺了兩排點點的男孩，我拿照片叫爸爸照著幫我刺的男孩，根本就不是孩子，他跟我爸一樣大。庫斯托——現實中的雅克．伊夫．庫斯托——在《國家地理雜誌》的照片裡已經是個大人，也就是說現在很老，說不定已經死了。

我望著桌子對面的媽媽，她笑得好開心，好像很高興我找到她的雜誌，因為從此可以一起看了。但是我滿腦子卻只想著「騙子」。我那麼相信《國家地理雜誌》，那麼相信媽媽，她明知道《國家地理雜誌》五十歲了，為什麼要讓我相信書上說的都是現在的事。彩色電視、魔鬼氈和治療小兒麻痺的疫苗都不是最新的發明，蘇維埃送史普尼克二號衛星載著那隻叫萊卡的狗去繞地球公轉並不是剛剛發生的事，庫斯托神奇的發現也已過了五十年之久，她為何這樣對我？為什麼要騙我？還有什麼是她沒告訴我的？

我抓起桌上的雜誌，捲起來塞進褲子後口袋，從此以後她休想拿回去。

外面傳來噪音，聽起來像爸爸的線鋸，可是天快黑了，我爸不會在晚上鋸木頭。我跑到窗邊，看見黃色的小光點朝我們這邊過來，有點像黃色的星星，不過不在天上，離地面很近。

媽媽走到窗邊，站在我身旁。噪音越來越大，她把手作成杯狀貼在玻璃上，好看得清楚一些」。

她好一會兒才轉過頭說：「是雪地機車，」聲音充滿驚訝和疑惑，「有人來了。」

21

藍波沒叫第二聲，但一聲就夠了。我賭贏了，不但追上爸爸，而且藍波的叫聲證明我離他並不遠。我爸走小徑，我跑產業道路，若把他腳下的那個點和我腳下這個點之間用線連起來，畫出一條四百公尺的線，當作等腰三角形的底，那麼我家就是頂點，我們將在那裡交會。

如果藍波再叫一聲，我就能更精準地算出牠的位置，但老實說牠能夠出聲我很驚訝。我猜爸爸從那人身上拿走的長褲沒有皮帶。當年在小屋，爸爸常用他的皮帶繞在狗的鼻子上當口套，因為打獵的時候不想讓藍波叫，或是受不了藍波在柴房哀鳴想出來。有時候套的時間很長，很沒道理。有篇文章提到恐怖分子和連環殺人犯的特徵之一，就是小時候虐待動物，如果長大後也這樣，又代表什麼意思呢？

我用手給眼睛遮雨，遠望山頂的狀況，爸爸的頭可能隨時會冒出來。我離開產業道路，走進樹林，腳踩在溼溼的松針上沒有聲音。我甩掉頭髮上的雨，卸下肩上的魯格槍，槍管向下，以便隨時舉槍應變。山坡陡峭，我能爬多快就爬多快，通常我會抓著灌木助爬，但短葉松太不可靠，有可能會發出斷裂的聲音，我不能冒這個險。

山頂近了，剩下的距離我趴下來匍匐前進，這是爸爸教的。我架好魯格槍的二腳槍架，用瞄準器望過去。

什麼都沒有。

我緩緩轉動槍口方向，向南，向北，又看看山溝對面有沒有移動的物體，人要移動才會被發現。如果你穿越樹林想逃離某人，最好的辦法就是盡快趴下然後完全靜止。我怕爸爸是故意讓藍波叫一聲引我出來，所以查看每個可能躲藏的地方，才收起步槍，走下山坡，繼續爬下一座小山丘。

同樣的過程不斷重複，爬上第四座小山頂的時候，我真想歡呼，在我下方大約垂直距離十五公尺、平行距離往南五十公尺的地方，平日只到腳踝的小溪現在暴漲及膝，正在堅忍溯溪的那人正是我爸。

我爸。

找到他了。趕上他了。我以智取，勝過他了。

我再次架起步槍，從瞄準器看爸爸，他看起來當然比我記憶中老。也瘦了些。那個死人的衣服穿在他身上鬆鬆的。他的頭髮和鬍子都灰了，皮膚皺皺的氣色也不好。警方發布的照片裡，我爸骨瘦如柴，眼神狂亂，像查爾斯．曼森。我以為他們故意挑了最像危險人物的一張照片，想不到本人更糟，臉頰凹陷得像死屍，眼窩也深陷，簡直就像從前他在汗屋講的故事裡那個溫迪哥。這是我第一次以成人的眼光看他，終於看得出他精神失常，但是在我媽眼中，他應該一直都是這個模樣。

爸爸用繩拴住狗的脖子，另一端繩子在他左手上繞了好幾圈。他右手握著一把葛拉克手槍，另一個警衛的武器大概放在牛仔褲後袋，被外套遮住。藍波輕鬆走在他身旁。三條腿的狗如此行動自如，我總覺得不可思議，獵熊意外後，治療牠的獸醫告訴我，獵犬傷重至此，許多獵人都會選擇結束牠的生命。我想她的意思是，如果我付不起狗的手術費用，她能理解。生活在上半島的人，光是努力照顧家人就夠辛苦了，就算想為動物付昂貴的手術費，也心有餘而力不足。當我說我寧可放棄獵熊也不放棄狗的時候，看得出來她好高興。

我從瞄準器裡看我爸，他正朝我走來，渾然不覺。小時候我常幻想殺他，不是因為我想這麼做，而是因為他在改追蹤遊戲規則的時候把這想法植入了我腦中。每次找到他，我都會望著他好一會兒，心想若是不射樹改射他會怎樣，殺掉爸爸我會有什麼感覺，媽媽發現我成了家中老大，又會怎樣。

如今看著他越走越近，我又想到了殺他這件事，這一次，是真的。以目前的距離和角度來說，我要殺他輕而易舉，只要朝他心臟或頭上開一槍，遊戲就結束，他連我贏了都不會知道。我也可以射他肚子，讓他痛苦地慢慢流血致死，為媽媽報仇。也可以射他肩膀或膝蓋，造成重傷，讓他哪兒也去不了，然後我回家，手機一有訊號就報警，告訴警察該上哪兒撿他。

選擇超多。

當年在小屋，爸爸常跟我玩一種猜謎遊戲，要我猜他哪一手握著我喜歡的小東西……像是光滑的白水晶或完整的知更鳥蛋。猜對了，東西就給我；猜錯了，東西就扔進垃圾坑。我還記得當時猜得多麼努力，如果上次他把寶貝握在右手裡，這次就會用左手嗎？還是會故意又用右手，持續好幾次？那時的我不曉得，這種事用邏輯和道理推敲沒用，無論我猜哪一手，猜中的機率都一樣。

這次不一樣，這次不用猜。我拉開保險，手指扣住扳機，屏住呼吸，數到十。

然後開槍。

第一次對爸爸開槍的時候，嚇死我了。震撼的感覺到現在還在，他竟然讓我做這種事。我試著想像自己叫艾莉絲拿槍對我扣扳機，啊，還有，當然不能射中……我想像不出來。就連叫瑪莉做也不行，雖然她槍法可能會很準。這簡直就是自殺行為，但我爸就是會這麼做。

這發生在我十歲那年夏天。冬天我們不玩追蹤遊戲，因為地上有雪，追蹤我爸太簡單。秋末春初也是，樹木落葉後萌芽前，都不適合。爸爸說，只有樹葉茂盛的季節，在林子裡追蹤才是挑戰。那也是蟲子最多最可怕的時節。在沼澤區坐上好幾小時，好多蟲子猛咬，你不得不佩服他的自制力，不但不打蟲子，連動都不動。

爸爸在早餐時間說明新的遊戲規則。找到他以後，我有兩個選擇，要不就射他藏身其後的樹，射在他身旁或頭頂上方；要不就射他腳邊的地。

如果我找不到他，或者找到他卻不敢開槍，就得放棄某件對我而言很重要的東西。首先從我藏在床底下那本有維京人照片的《國家地理雜誌》開始。我不明白他怎麼知道雜誌藏在那裡。

爸爸用獨木舟載我去我從未去過的一座小山，為增加難度，蒙住我眼睛，讓我難以判斷經過的時間和距離，也看不見他往哪個方向走。我很緊張，因為不想對爸爸開槍，卻又很想留住我的雜誌。面對兩種選擇，我想了又想，射地比較簡單，也比較安全，因為可以射進沙子裡，比較不會彈起來傷到爸爸或傷到我。就算沒射準，不小心傷了爸爸，腳或腿受傷也比胸或頭受傷好一些。

只不過開槍射地是懦夫的行為，而我不是膽小鬼。

獨木舟靠岸了，爸爸說：「留在這裡，數到一千，才能拿下眼罩。」

他下船時獨木舟搖呀搖，他涉水上岸有啪噠噠的水聲，走在土地上有沙沙的草聲，聽起來像是竹芋和香蒲，接下來就悄無聲息了。只聽得見風吹過我早已聞出的松林，還有白楊的葉子在風中彼此碰撞的聲音。水很靜，太陽曬得我頭發燙，我右邊的陽光比較熱一點，表示獨木舟面對的是北方。我不確定這有什麼用，但多知道一些總是不錯。放在腿上的雷明登步槍很重，戴著眼罩的我開始冒汗了。

我忽然發覺自己忙著收集環境線索，忘了數數。時間已經過了一會兒，就從五百開始吧。問題是，爸爸希望我真的數到一千，還是提早拿掉眼罩呢？這很難。通常我會切實遵守爸爸的指示，因為不這樣做就會受罰。可是這次與往常不同，追蹤爸爸的重點就在於想方設法贏過他，奸巧使詐也是遊戲的一部分。

我移開眼罩，綁在額頭上擋汗，爬下獨木舟，一眼就看見爸爸留下的痕跡。我清楚看出他往哪裡涉水穿過莎草叢……不是我以為的竹芋和香蒲……上了岸。他踏著松針穿越空地進入羊齒草叢的痕跡也很明顯。當時我以為自己很厲害，現在回想起來，他之所以留下那麼明顯的痕跡，是為了確保我找得到，因為那一次他要我找到。

到了山頂，腳印消失在一塊光滑的岩石上，我差點追丟了。但我看見小小一堆原本不該有的沙，就在岩石的另一頭找到痕跡，跟著走到一處小山崖邊，彎折的羊齒草和踩鬆的石頭，顯示我爸往山下去了。我用雷明登的瞄準器望出去，看見爸爸蹲在百米外一棵山毛櫸的後面。樹很肥，但還不夠肥，他肩膀兩邊都露在外面。

我笑了。眾神今天對我真好。我不但找到爸爸，而且射擊條件近乎完美，居高臨下，沒有風。太陽在我後方，所以爸爸有機會看見我逆光的剪影，但同時也表示我開槍時可以看得很清楚，不容易失誤。

我以一棵大赤松作為掩護，抱著槍，思考接下來該怎麼做。這把雷明登跟我差不多高。我趴在灌木叢下面，把槍推到前面，調整成方便開槍的姿勢。我肩窩頂著雷明登，從瞄準器望出去。爸爸沒動。

我扣住扳機，胃部緊繃，想到槍聲一響，爸爸驚訝抬頭的樣子。彷彿看見他從樹後走出來，走上山丘拍我的頭，恭喜我開了那一槍。又或許，他會低頭發現自己的肩膀變成紅色，像受傷的犀牛似的衝上山丘。我手抖了。我不明白我為什麼非得對他開槍不可，不明白爸爸為什麼要更改遊戲規則，不明白為什麼要把好玩的事情變得危險可怕。我好希望事情可以永遠維持原狀。

想到這裡，我突然懂了。事情會變，是因為我在變。我在長大，這是我的成人禮，我必須藉這機會證明自己是部落裡有價值的成員。對亞諾馬米族的男人來說，勇敢的價值高於一切，所以他們才老是和其他部落作戰，搶人家的女人，就算全身插滿箭，也要戰到最後，不能被人說是懦夫。雜誌上說，近半數的亞諾馬米男人都殺過人。

我把槍頂得更緊，手不抖了。我開槍時那種混雜著恐懼和興奮的感覺很難形容，可能與跳下飛機或懸崖的感覺很像，也可能像是心臟外科醫生生平第一次下刀。我再也不是那個愛慕父親，希望有天能像他一樣的小女孩了。我和他旗鼓相當。

在那之後，我迫不及待，一心只想再次有機會朝他開槍。

槍聲和爸爸頭上樹枝斷裂的聲音大約同時響起。如我所料，樹枝落進他面前的小溪，和上次一樣。

爸爸整個人僵住，然後抬頭看我射到的地方，合不攏嘴，彷彿不敢相信我再一次贏過了他，連方式都一模一樣。他搖搖頭，雙臂平舉，做出投降的姿勢，左手繞著藍波的狗繩，右手拎著葛拉克手槍。

我手指依舊扣住扳機，因為人做出認輸的樣子不見得就真的會放棄，尤其是我爸這種既不光明正大又有操控慾的人。

「雅各。」這名字在我嘴裡好陌生。

「邦吉—阿嘎娃特雅。」

我打了個冷顫，不是因為雨。邦吉—阿嘎娃特雅，小影子，爸爸給我取的小名，好久沒人這樣叫我了。經過了這麼多年，再次聽見爸爸嘴裡吐出這幾個字，我的感覺難以言喻。這十幾年來抱持的憤怒、厭惡和怨恨轉瞬間煙消雲散，就像爐子上的冰。彷彿我不知道自己其實有裂痕，但此刻完整了。回憶洶湧而來：爸爸教我追蹤、打獵、穿雪鞋走路、游泳。爸爸教我磨刀、剝兔子皮、扣扣子、繫鞋帶。爸爸告訴我鳥的名字、蟲的名字、植物的名字、動物的名字。爸爸和我分享沼澤無盡的祕密：青蛙蛋浮在樹枝下方靜止的池面上，狐狸在山側的沙裡挖了一個深深的窩。

所有我所知道的，值得知道的沼澤知識，都是這個人教我的。

我緊緊抓住手槍。「丟掉武器。」

爸爸看我看了好久，才把葛拉克手槍丟進樹叢，從右靴抽出一把鮑伊刀，也扔掉。

爸爸從身後拔出另一把手槍，我說：「慢一點。」倘若和他易地而處，此刻就是我動手的時機，我會掏出武器，抵住藍波的頭，利用狗來要脅對方棄械。

但他照我指示，慢慢掏出第二把葛拉克手槍，作出要丟棄的樣子，卻突然單膝跪下，開了槍。

不是朝藍波。

而是朝我。

子彈射進肩膀，有那麼短短一瞬間，我除了震驚沒有其他感覺。他竟然對我開槍，而且是故意的，不計後果，只想把我打倒。

我沒擊敗他。我沒救到家人。我沒贏，因為爸爸再次更改了遊戲規則。

我的肩膀彷彿炸開，就像有人在我身上放了炸藥，此刻點燃，又像有人拿球棒打我，再拿燒熱的撥火棍戳，甚至像巴士輾過。我捂住傷口，坐倒在地，痛楚一波波湧來，血捂都捂不住，腦子叫手拿起槍，他射你你就射他，手卻沒有回應。

爸爸爬上我這邊的山丘，站在我身旁低頭看，手槍指著我胸口。

我怎麼這麼蠢，自以為射樹枝很高明，其實笨死了，事實是我**根本不想**殺我爸，我愛他。

我愛他，但他不愛我，他利用我對他的愛來對付我。

我屏住呼吸，等爸爸殺我。他低頭看我許久，然後把他的手槍插進後褲袋，把我的魯格步槍踢下小丘，又把我整個人翻過來，搶走手槍。我不知道他怎麼曉得我有手槍，但他就是曉得。他拿出手銬，肯定是逃獄前他自己戴的，銬住我手腕。我忍著不叫，全身顫抖。

他退後一步，呼吸沉重。

「**要這樣，**」他得意地笑著說，「打獵追蹤的時候，要這樣才算贏。」

22

小屋

那年初秋，維京人再次滿載而歸，這次除了搶東西以外，還抓了一個俘虜。一個年輕的基督教士，是不信北方諸神的人，擄回之後就用樹皮捆了手腳，關在城堡深深的地牢裡。

維京人的妻子覺得他俊美有如光明之神巴德爾，處境堪憐。赫爾嘉卻認為應該用繩子綁住他的腳，然後繫在野獸的尾巴上。

她說：「我想放狗追他，就這麼追著他一直跑，哇哈！讓諸神看個熱鬧。」

可是，維京人不允許這名年輕的基督教士死得這麼簡單，因為他否定諸神，蔑視諸神，所以維京人決定要用他在林中血石上獻祭，這是他們第一次用人當作祭品。

赫爾嘉請求將教士的血灑在在場眾人身上，於是磨利了她漂亮的好刀。城堡有許多強壯的大野狗跑來跑去，赫爾嘉便舉刀刺進其中一隻的肚子，測試刀子的利度。

——漢斯・克里斯蒂安・安徒生，《沼澤王的女兒》

「有人來了。」我和媽媽站在廚房窗邊，媽媽又重複說了一次，好像非要說兩次自己才能相信。

我也很驚訝。爸爸一直很小心不讓人注意到我們的小屋。鋸樹的時候挑地勢低的，以免鏈鋸的聲音傳太遠。沒必要就不開槍，獵鹿時才用。從不離開沼澤去補貨，即便缺少某些很好用的東西也不補。在那家人面前躲起來，以免不慎被他們發現小屋。舉行演習，預防有人在這座小山出現，而我和媽媽不知道該怎麼辦。凡此種種都是為了避人耳目，沒想到還是有人來了。

我的鼻子貼在窗玻璃上，看著那臺雪地摩托車亮著頭燈越靠越近，天色太暗，看不清楚，但我認得出來那是雪地摩托車，至少是認得出五十年前雪地摩托車的樣子，我到現在還是很難接受之前媽媽騙我的事。

媽媽緩緩搖頭，像是剛從漫長的一覺醒過來。她猛然拉上窗簾，抓住我的手。「快，我們得躲起來。」

往哪兒躲？我真想這麼說。我知道爸爸想要我們躲，也知道若沒照做就會受到懲罰，可是現在來不及出門去沼澤滾一身泥躲起來，更何況沼澤已經結冰。無論騎車的人是誰，都已經看見我們的小屋了。他們直奔這裡。小屋爐子有火，煙囪有煙，柴房有柴，雪地上還有腳印。我們的外套就掛在屋內門旁，碗盤放在桌上，燉兔肉在爐子上冒泡呢。還有藍波怎麼辦？

藍波。

我抓起外套，跑去柴房。藍波猛抓鏈條，我真怕牠會窒息。我解開項圈，放牠自由，然後蹲在柴房的牆和一排木柴之間，從牆縫往外看。雪地摩托車爬上我們的小山，引擎聲改變了，不久就噴著廢氣濺起雪花經過我面前。我跑到柴房另一頭，爬上柴堆蹲好，拿著刀子做好準備，這是爸爸教我的。雪地摩托車就停在我下方，聲音超大，那名騎士關掉引擎之後我的耳朵還響了好一會兒。

「嘿，小子。」騎士吹口哨拍拍自己的腿，藍波邊叫邊繞著他跑。我看不見他的臉，因為他戴著頭盔，像潛水伕戴的那種，至少是五十年前的潛水伕戴的那種。但我聽聲音就知道他是男的。「來，小子，來嘛，沒事的，我不會傷害你。」

藍波不叫了，還跑過去搖尾巴，下巴靠在那個人的膝蓋上。那個人脫掉手套，抓抓藍波耳後，我很納悶，他怎麼知道我的狗喜歡這樣？

「好孩子，你真是好狗，沒錯，你是好狗狗，真乖，你真乖。」我從來沒聽過有人跟狗說這麼多話。

那個人輕輕推開藍波，下了摩托車。他穿著厚厚的黑長褲，還有黑夾克，袖子上有條綠色，是我從沒見過的一種綠。雪地摩托車側面也有同樣顏色的條紋，上面寫著白字：北極貓。他拿下頭盔，放在車上。他的頭髮是黃色的，跟我媽一樣，濃密的大鬍子像維京人。他比我爸高，比我爸年輕，走路時衣服像枯葉一樣會發出沙沙聲，絕不能穿去打獵，可是看起來很暖和。

那個人走上我家門廊，舉手敲門。「哈囉！有人在家嗎？」等了一會兒，又敲。我不知道他在等什麼。「哈囉！」

小屋的門打開了。我媽媽走出來，背著光，我看不清楚她的表情，但看得出來手在抖。

「抱歉，打擾了，」那個人說，「你們的電話能不能借我打一下？我跟大家走散了，迷路了。」

媽媽輕聲說：「我們的電話。」

「如果妳不介意的話，請幫幫忙。我的手機沒電了。」

「你有手機。」媽媽咯咯笑，我不知道她幹嘛這樣。

「嗯，是啊。是的。所以如果能用你們的電話打給朋友，讓他們知道我沒事，那就太好了。對了，我叫約翰。約翰・勞卡南。」那個人笑著伸出手。

媽媽咳了一聲，接著像溺水的人抓住繩索那樣抓住他的手，兩隻手不再上下移動之後，好一會兒她還緊握著不放。

「我知道你是誰。」她左右張望，然後迅速把那個人拉進屋去。

門關上很久，我還死盯著。又是謊話，又使詐，又騙我。媽媽認識這個人。他趁我爸不在家，跑來看她。我不知道那個人跟我媽在屋裡做什麼，但我知道這樣不對。我收刀入鞘，爬下柴堆。雪地摩托車停在我們家院子裡，像隻大黑熊。我好想打它屁股，趕它走。我好想喊我爸回來，拿槍射它。我躡手躡腳爬上後門廊，從窗簾縫往裡看。媽媽和那個人站在廚房中央，媽媽說話時手揮來揮去，我聽不見她說什麼，看起來又害怕又興奮，一直朝門看，好像很怕我爸突然進門。我真希望爸爸真能這樣。

那個人看起來不興奮，只有害怕。媽媽繼續說話，繼續比手畫腳，最後，他點點頭，動作很慢，像是不太願意做我媽叫他做的事，卻不得不做。就好像我被爸爸逼著去幫媽媽做果凍那樣。我媽笑了，還踮起腳摟住他脖子親他臉頰。那人臉紅了。媽媽又把頭靠在他肩上，自己的肩膀一直顫抖，我看不出她是哭是笑。過了一會兒，那人也摟住我媽，拍她的背。

我癱坐在雪地上，臉頰像火在燒。我知道親吻的意思，那表示你愛你親吻的那個人，所以我媽從來不親我爸。我真不敢相信媽媽竟然親這個人，這個陌生人，還趁我爸不在家的時候帶他進小屋。如果爸爸在場，不知道會對他們怎樣。我拔出刀，悄悄走過去，猛然把門打開。

「赫蓮娜！」媽媽大叫一聲，冷空氣掃進屋內，他們分開了，她的臉紅起來。「我以為妳……沒關係，快，把門關上。」

我讓門開著，竭盡所能嚴厲地對那個人說：「你必須離開，立刻離開。」我揮揮刀，讓他知道我很認真，若有必要，我會用的。

那人倒退一步，舉起手。「哇，別這樣，刀放下，沒事的，我不會傷害妳。」簡直像是在跟我的狗說話。

我盡可能學爸爸板起臉，往前逼近一步。「你必須離開，**立刻離開**。在我爸回來之前離開。」

媽媽聽我提起爸爸，臉一下子變白。她早該害怕的，居然帶男人進屋，難道不知道會有什麼下場？真不曉得她在想什麼。

她癱坐在椅子上。「赫蓮娜，拜託，妳不明白。這個人是我們的朋友。」

「我們的朋友？**我們**的朋友？我看到妳親他耶，**我親眼看到**。」

「妳看到……噢，赫蓮娜，不是的，不是的，我只是要謝謝約翰，因為他要帶我們走。刀子放下，我們動作要快，不然就來不及了。」

我看著媽媽，她的表情激動又快樂，充滿希望，彷彿這是人生中最美好的一天，因為這個人出現了。而我，我只覺得她瘋了。我知道她不喜歡沼澤生活，但外面又冷又黑，她真以為可以在這時候離開？沒得到爸爸允許，就能爬上雪地摩拖車跟陌生人走？她怎麼會認為我有可能同意呢，真不可思議。

「拜託了，赫蓮娜，我知道妳很害怕……」

我一點也不怕。

「……這一切讓人很混亂，想不明白。」

我不亂，明白得很。

「但是妳得信任我。」

信任她？我褲子後袋的雜誌像爐裡的餘燼，經過這件事，我永遠都不會再信任我媽。

「赫蓮娜，求求妳了，我以後再跟妳解釋，我保證會解釋清楚，可是現在動作要快……」

她話只說到一半，因為門廊上響起了我爸的腳步聲。

他衝進來大聲問：「怎麼回事？」然後立刻明瞭情勢，舉槍對著那個人和我媽，好像難以決定這兩人要先射哪一個。

那個人舉起雙手。「別這樣，我不想惹麻煩……」

「閉嘴！坐下。」

那個人像被人推了一把似的立刻坐下。「那個，是這樣的，不需要掏槍啊，我只是來借個電話。我迷路了，你……嗯，你太太讓我進來，然後……」

「我叫你**閉嘴**。」我爸用步槍的槍托打那個人的肚子，那個人倒抽一口氣，從椅子上倒到地上，抱著肚子呻吟。

「不！」我媽慘叫一聲摀住臉。

爸爸把步槍交給我。「他敢亂動，妳就開槍。」他站在我媽面前，準備揮拳。那個人踉蹌跪起，爬過去拉住爸爸的腳踝。我知道我該開槍，卻不想扣下扳機。

「別動她！」那個人大叫。「我知道你是誰，**我知道你幹了什麼事！**」

我爸整個人凍結，然後轉身。《國家地理雜誌》裡有篇文章用「黑著臉」形容憤怒，我爸此刻就是那樣，憤怒到可以把我們統統殺光。

他像受傷的黑熊怒吼，踢那個人的腰。那個人慘叫，面朝下倒地。爸爸抓住那個人的左手腕，踩他手肘，再往後扭他的胳臂，舉高，再高，直到骨頭折斷為止。小屋裡迴盪著那個人的慘叫聲，還有媽媽的，以及我的。

爸爸抓著那條斷臂拉他起身，那個人再次慘叫。「**求求你！不要！噢，天啊**……不要！住手！求求你！」爸爸押他去柴房，他一路尖叫。媽媽在哭，我手在抖。我低頭發現步槍還在我手上，槍口對著媽媽。媽媽看我的樣子好像以為我會對她開槍。我沒告訴她，保險是鎖住的。

爸爸回到屋內，外套上血跡斑斑，指節也是紅的。他從我顫抖的手裡接過槍，鎖進儲藏室，我跟媽媽待在廚房，不知道他想要我怎樣。

爸爸回到廚房，表情平靜，彷彿什麼事都沒發生過，彷彿這只是再平凡不過的一天，他並沒有折斷我們小山第一位訪客的另一隻胳臂。這代表有兩種可能：他的憤怒已經過了，或者才剛開始。

「赫蓮娜，回妳房間去。」

我跑上樓，聽見身後拳頭打人的聲音，媽媽慘叫，我關上門。

小屋回歸寧靜後，我還枕著胳臂躺在床上瞪著天花板，太多回憶湧現，睡不著。

我跟爸爸在水狸塘游泳，他教我怎麼躺著漂浮，陽光溫暖，水卻很冷。我張開雙臂躺在水上，爸爸站在身邊，水和他的腰同高。爸爸的手撐在我的背下方，但我幾乎感覺不到。「腳抬起來。」他看見我的腳往下沉。「肚子抬高，背要彎。」我使勁挺肚子，肩膀向後拉，臉沒入水裡。我吐水，開始沉，爸爸把我往上舉，讓我再試一次。後來，等我學會漂浮之後，游泳變得超容易，我都忘了曾經不會游泳的時候。

爸爸教我在魚鉤上掛餌。魚鉤很尖銳，我第一次從爸爸的工具箱拿魚鉤時，就勾到拇指，好痛，爸爸幫我拉掉的時候更痛。從此以後，我每次拿魚鉤都很小心，只捏上面的環。我們的魚餌罐有滿滿的蟲，都是從山下的溼土裡挖出來的。我從罐子裡拿出一條，溼溼滑滑的。爸爸教我先將鉤子穿過蟲中間，然後把蟲捲起來再穿頭和尾。我說這樣子蟲很痛吧。他說：「不會痛，蟲子沒有感覺。」我說，如果真是這樣，那它為什麼扭來扭去呢？爸爸笑了。他說我能學著自己思考很好，還拍拍我的頭。

我和爸爸坐在汗屋裡，爸爸再次講起他掉進熊窩的故事。這一次我發現，他每次都會加油添醋，讓故事更刺激。熊窩變深，爸爸跌得更深，越來越難爬出來，爸爸摔在熊背上的時候熊醒了，小熊的脖子斷了，總之細節變了。我懂了，說實話很重要，但是講故事的時候可以加料，讓故事更精彩。希望我長大以後，能像他這麼會說故事。

我起床走到窗邊，看月光照耀下的院子。藍波在工具間走來走去，雪地摩托車停在我窗下，柴房裡的人安靜無聲。

我小時候很愛爸爸，現在也是，庫斯托和卡呂普索說我爸是壞人，我知道他們關心我，但我沒辦法相信這件事。

第二天的早餐是爸爸做的，媽媽沒有下床。爸爸做的麥片粥沒有味道。真難相信昨天我最在意的事還是沒有鹽，而現在滿腦子都是媽媽的背叛。《國家地理雜誌》的事就算了，她竟然還背叛我爸。我知道爸爸為媽媽帶人進屋的事揍了她，所以她才下不了床，我不喜歡爸打媽媽，可是這一次是她活該。爸爸說，媽媽和那個人在屋裡獨處，犯了一種叫通姦的罪，歐吉布威女人若犯通姦罪，身為丈夫就有權把她弄殘廢，甚至殺掉都可以。我媽不是原住民，但她是我爸的妻子，要照爸爸的規矩來。我知道她活該受罰，但還是很慶幸沒把她親那個人的事說出來。

我用冷水和一把沙，刷完鍋子和碗，然後遵從爸爸指示，帶一杯菊苣茶去柴房給那個人。今早陽光普照，雪地摩托車看起來變大，黑黑亮亮，閃得像新雪，還有煙色的擋風玻璃和綠得很特別的條紋。它跟《國家地理雜誌》上的很不一樣。我把馬克杯放在門廊臺階上，拾起頭盔，沒想到這麼重，前面有塊弧形的玻璃可以擋風，裡面的襯墊很厚很軟。我戴上頭盔，學那個人跨坐車上，假裝自己在騎。我常幻想我們有雪地摩托車，如果有，巡視冰釣線的時候就能省掉一半時間。我問過爸爸，能不能拿毛皮去換車，結果換來爸爸一番長篇大論，說印地安人的方法比白人的發明好多了，快不見得就比較好。但我想假如當初我們的人誰有雪地摩托車，應該就會拿來用。

我下車拿起馬克杯，穿過院子走到柴房，菊苣茶已經不燙了。那個人銬在角落的柱子上，頭髮上有血，臉很腫，外套和長褲都不見了，只剩白色的衛生衣。他把腳鑽進木屑裡保暖，可是腳趾頭還是露在外面。他的手臂高舉，銬在頭上方，眼睛閉著，鬍子貼在胸膛上，看起來不怎麼像維京人了。

我在門口站住，不知道自己為什麼停步。這是我的柴房，我的小屋，我的小山。我有權待在這裡。不屬於這裡的是這個人。我想我之所以不敢進去，是因為不想跟這個人獨處，怕犯下通姦罪。雖然是爸爸叫我拿菊苣茶給他，可是通姦罪是新名詞，我還不確定它會怎麼運作。

「你渴不渴？」廢話。但我沒別的話可說。

那個人勉強睜開一隻眼，另一眼腫到睜不開。爸爸常對我說，如果我處於必須俘虜某人的情況，那麼不管把他打得多慘，務必留下一隻可以看的眼睛，我得讓他看見我可能會對他做什麼，才不會失去心理上的優勢。那個人一見我站在門口，就猛往後縮，可見爸爸的話很有道理。

「我帶東西來給你喝。」我跪在木屑上舉杯湊到他嘴邊，又拿出藏在外套口袋裡的餅，撕成小塊餵他吃。他的鬍子碰到我手指，呼出的氣碰到我皮膚，我發抖了，我從沒跟爸爸以外的男人靠這麼近。我一邊想著通姦罪，一邊掃掉他胸膛上的餅屑。

進食完畢，這個人看起來好了一點，不過不多。眼睛上方的傷口在流血，右臉被我爸打得又腫又紫，吊起來的斷臂是最大的問題，我見過動物受傷沒這麼嚴重的都死掉了。

他問：「妳媽媽還好嗎？」

「還好。」我沒說的是，媽媽的左臂受了和他同樣的傷。早上爸爸告訴我，昨晚他用同樣的手法折斷媽媽的左臂，他說：「這樣才配。」

「你爸瘋了。」他呶呶下巴，指這柴房、手銬和不讓他穿衣服。

我不喜歡他說這種話。他又不認識我爸，沒資格說我爸壞話。

「你根本就不該來，」我冷冷地說，「你不來就沒事了。」我突然很想知道一件事。「你怎麼找到我們的？」問題出口感覺很怪，這問法好像我們走丟了似的。

「我跟幾個朋友騎車，轉錯彎。我們喝了點酒。」他有點像在解釋什麼。「威士忌，啤酒，這不重要，總之，我騎了很遠，找不到路標，忽然看見你們的煙囪在冒煙。當時我並不知道這間小屋……不知道妳媽媽……」

「我媽怎麼了？」我不管這個人傷得多重，他若說他來這裡是因為愛著我媽，我就要出手打他斷掉的那條胳臂。

「我不知道妳媽媽一直在這裡。這麼多年以後，終於有人找到她，而妳爸爸……」他說到一半，露出奇怪的神情，看著我，「天啊，妳不知道。」

「知道什麼？」

「知道妳媽……妳爸……」

「我什麼？」我爸說。

我爸的身影擋住門口，那人立刻縮回去，閉上那隻好眼睛，開始啜泣。

「赫蓮娜，進屋裡去，」我爸說，「妳媽需要妳。」

我抓起空杯子，跳起來跑回小屋。我把杯子沖乾淨，放著晾乾，然後在廚房窗前站了許久，從木板縫隙偷看爸爸打他踢他，聽他慘叫，不知道他原本想跟我說什麼。

23

我肩膀抽痛，不知道傷得多重。或許子彈只是擦過，縫幾針就好。但也可能比那糟得多。如果子彈射中動脈，我會失血致死。如果傷到主要神經，這條胳臂就廢了。目前我還不知道傷有多重，只知道痛，很痛。

如果這只是槍隻走火或其他意外傷害，現在我會在救護車送醫途中，接受醫護人員的照顧，而不是坐在地上靠著樹。抵達醫院時會有人衝出來用床推我入院，醫生會治療傷口，給藥止痛。

可是，這一槍不是意外。

爸爸開槍射我，用手銬銬我，抓著肩膀把我拖到一棵大赤松下，讓我靠著樹。那是什麼感覺呢，我連說都不想說。藍波不見了。我想我在爸爸過來拿槍時喊了一聲「回家」，但到底真的喊出聲了，還是只在腦中喊，我也不知道。中槍之後的頭幾秒鐘，一切都很模糊。

我眨眨眼，逼自己轉移注意力，不要去感受疼痛，努力保持專注。我真傻，居然以為爸爸會投降，我應該趁還有機會的時候殺他。下一次，我會的。

爸爸坐在地上，背靠著一塊橫木。我的麥格農手槍在他手裡，我的腰帶掛著我的刀，繫在他腰上。我的手機沒救了，不光是沒電而已，爸爸發現史蒂芬去年結婚紀念日送我的iPhone，就扔到空中射爛它。

爸爸很放鬆，非常安心自在。有什麼好不安心的呢?現在他占盡上風，而我什麼都沒有。

「我本來不想傷妳，」他說，「是妳逼我的。」

自我中心者的典型論調。無論發生什麼事，都是對方的錯。

「妳不該離開，」他見我沒反應，就繼續說，「妳毀了一切。」

我很想說，我們的生活分崩離析，該怪的人不是我。如果我爸能有一點點邏輯能力，我就會說明，他想像中的那種生活是不可能維持的，在沼澤照自己的喜好過活是種妄想，而這種妄想在有了我以後就注定終結。我是他盔甲上的裂縫，是他的阿基里斯腱。爸爸把我養成他的翻版，就為他自己種下了滅亡的種子。我爸能夠控制我媽，卻永遠無法控制我。

「她死了。」我說。「媽媽。」

我不知道為什麼要跟他說這個。我連媽媽怎麼死的都說不清楚，只知道報上寫的：她突然死於家中。對她來說，那應該是死得其所了。我住外公外婆家的時候，臥室那四面粉紅色還有蝴蝶、彩虹和獨角獸的牆總是令我窒息。每當沼澤外面世界的吵雜混亂超過我能忍受的限度時，我就得去戶外。只要抬頭能看見樹在動，就覺得好些。媽媽則相反。現在回想起來，她離開沼澤以後老愛待在房間，或許因為那裡最有安全感。

爸爸嗤之以鼻。「妳媽太叫人失望。我常後悔沒抓另一個。」

「另一個？」那天跟她一起玩的女孩？他說起誘拐我媽的事，說得那麼冷靜不帶感情，讓我很受傷。我想到他誘拐我媽那天，說他弄丟狗，我媽信了，後來發現我爸是壞人，不知道有多麼害怕。她應該是找著找著忽然發現他說謊，那隻狗並不存在，於是就說：「我該回家了。」或許說了不止一次。「我爸媽大概在找我了。」可能說得有點遲疑，因為那個年代大家不像現在這樣，教女孩要有自信。或許我爸答應請她吃冰淇淋，要她幫忙再找一會兒。或許他說要讓她坐獨木舟。我爸有需要的時候就會變得很有說服力。

無論我媽當時怎麼感覺、怎麼想，她一上獨木舟，事情就已成定局。塔夸瑪嫩河在東紐伯里的最初幾公里比較窄，穿過一片闊葉林。或許我媽發覺狀況不對，想過要跳河游上岸。或許每一次轉彎她都屏息期待，希望會有漁夫或路人經過，可以讓她呼救。但這條河一旦進入沼澤區，她就明白自己完蛋了。我認為沼澤很美，但在我媽眼中，那一望無際的草地想必就跟月球一樣荒涼。這時她明白根本**沒有**狗了嗎？發現我爸騙她了嗎？知道從此再也見不到她的朋友、她的家、她的房間、她的衣服、她的玩具、書、電影，還有爸媽嗎？她有沒有哭？有沒有叫？有沒有抵抗？還是直接就用恍惚狀態來保護自己，就這麼過了十四年？那天的細節，媽媽從沒跟我說過，我只能猜。

「你一開始就算計好了。」我終於懂了。「你故意選在那裡攻擊獄警，因為那裡離我家很近，我一定會來找你。你要抓我，是因為要我載你去加拿大，讓你留在那裡。」當然這有個問題，我車子的四個輪胎都扁了，可是爸爸肯定早想好解決的辦法。

他笑了。這笑容很熟悉，我學追蹤的時候常看見，但這笑容出現的時候，通常是我做錯了。

「八九不離十，但妳不用把我留在那裡，邦吉—阿嘎娃特雅，妳要跟我走。我們會組成一個家庭，妳，我，還有妳女兒。」

我一時之間簡直無法理解他在說什麼。我怎麼可能帶上女兒跟他走，我寧可死，而且樂於一死。我真不敢相信之前我還想見他，還愛他。這個人殺人就跟呼吸一樣容易，而且以為他愛怎樣就能怎樣，想要什麼就能擁有什麼，例如我媽，我們的小屋，和**我的女兒**。

「沒錯，妳的女兒。」他彷彿能看穿我的腦子。「妳不會以為我們要走會不帶她們吧。」

我們？哪來的我們？他想的只有自己，一直只有自己。從前我和媽媽一直都照他的喜好做事，沒意識到自己在做什麼，什麼時間吃什麼要看他的意思，他叫我們穿什麼我們就穿什麼，起床和睡覺的時間也由他規定。我絕不會讓瑪莉和艾莉絲受到這種控制。還有，史蒂芬怎麼辦？在我爸的計畫裡，我先生在哪裡？史蒂芬會走到天涯海角，找他的女兒，所有正常父母都會這樣，整件事不可能善罷干休。

話說回來，我爸居然知道我有兩個女兒。過去十三年他都在牢裡，我們沒有聯絡，我也不是那種會把孩子大大小小的事放上網的人。就算我是，他也不能使用網路呀。我凡事低調，竭盡所能避免公眾關注，賣果凍果醬維生，這樣我爸還有辦法知道我家人的事？

說不定他並不知道？

「你為什麼覺得我有小孩？」

爸爸伸手從外套裡掏出一本《橫越》雜誌，有一頁摺了記號。我認出那封面，心一沉。他把雜誌扔到我腳邊，雜誌打開，正是我、史蒂芬和兩個女兒站在我家車道旁的老楓樹前。那棵樹很好認，尤其是對從前就住在那裡的人，一定很好認。這篇文章沒提到我女兒的名字，也不需要，我爸一看照片，就明白了。

這篇文章登出來的時候，史蒂芬好驕傲。這訪問是他兩年前安排的，當時經濟衰退，汽油漲價，遊客變少，果醬不好賣。我非常不想讓自己的名字上雜誌，卻也找不出反對的理由，除非把事實告訴他。他說我一旦變成公眾人物，網上銷售量就會暴增，這點他說得沒錯，那篇文章登出來以後，就連移居佛羅里達州和加州的密西根人都下訂單來買我的果醬。

我真的以為我掩藏得夠好，真的以為那篇文章不會是問題。這話聽起來天真，但在上半島想要把自己塑造成另一個人，並非難事。城鎮之間的距離雖然只有五十到八十公里，卻各自為政，像是不同的世界，大家不太和其他人來往，而且不光是因為這裡的人都能自給自足，更是因為不得不如此。倘若要去凱瑪超市或者看場電影，需要開車八十公里，你自然就會學著滿足於身邊的事物了。

大家都知道沼澤王和他女兒的事，但我從紐伯里搬到大沼澤的時候，外表和報紙照片上那個十二歲的野孩子一點也不像了。我長大了，剪短了頭髮，染成金色，改掉姓氏，甚至在公眾場所用化妝品蓋掉刺青。對別人來說，我就只是買下老霍布魯克家房子的人，這就夠了。

要是有一絲念頭想到這本雜誌有一天會送進監獄圖書館，落入我爸手裡，我絕對不會答應受訪。照片上我女兒的臉髒髒的，不知他摸了多少次。他要扮演寵溺孩子的外公，跟我女兒玩，搔她們癢，講故事給她們聽……這情景我實在難以想像。

「告訴我，妳女兒會幫妳做果凍和果醬嗎？」他靠過來把麥格農手槍抵住我胸膛，我聞到他嘴裡培根的味道，是那老人給自己做的早餐。「妳以為能躲得了我？改姓？不當我女兒？妳住的地方就是**我家**，赫蓮娜，妳真以為我找不到妳？」

「不要傷害他們。只要別牽涉到我家人，你要我做什麼都行。」

「妳沒資格要求，小影子。」他喊我小名，可是不帶一絲暖意，眼睛也沒發亮。或許他在我童年回憶中的魅力已被牢獄生活損耗殆盡，或許從來就沒有。記憶有時會騙人，尤其事關童年的記憶。有些事艾莉絲言之鑿鑿，而我很確定不是事實。或許我記憶中的那個人從來不存在，或許我認為發生過的事，從來沒有發生。

我忍不住說：「你不可能逍遙法外。」

他大笑，聲音很難聽。「無論做出什麼事，都有可能逍遙法外。這妳應該最清楚。」

我想起在沼澤的最後一天，恐怕他這話不假。

他用麥格農手槍朝我家方向指了指，站起身來。「該走了。」

我手撐著樹站起來，邁開步伐，父親與女兒，再次同行。

24

小屋

然而，每天都有一段時間，赫爾嘉會靜默下來，就是在傍晚，日夜交界的時分。她會變得沉靜，不再衝動，聽從別人的忠告與引導，然後，某種神祕的力量會帶她到母親身邊。維京人的妻子會將她抱在膝上，望著那哀傷的眼睛，忘記她醜陋的形貌。「我真希望妳永遠是我的青蛙女兒，別當那個可怕的美人。我永遠不會把這祕密告訴丈夫，妳真教我心疼。」

於是，這可憐的青蛙顫抖了，這些話語觸動她的靈魂，引出眼中滿滿的淚。

——漢斯．克里斯蒂安．安徒生，《沼澤王的女兒》

接下來一整天，我滿腦子都是柴房裡的那個人，一直在想他原本究竟想跟我說什麼，爸爸和媽媽有什麼事我不知道。一定很重要，否則爸爸不會為此打他，我好幾次想溜去柴房門問，可是爸爸一直在附近挑水砍柴磨鋸子，我找不到機會。

我一整天待在家裡，那真是我這輩子最難熬、最無聊、最乏味的一天，比爸爸逼我幫媽媽做果凍那天還糟。我不想照顧媽媽，雖然她斷了胳臂我也很難過，但我想出去檢查捕獸的圈套，巡視冰釣的洞，跟爸爸去獵春鹿。我很氣爸爸弄斷媽媽的胳臂，但是我不想待在家裡。我覺得自己在受懲罰，可是我又沒有做錯事。

無論如何，我還是很聽話，爸媽叫我做什麼，我都照做，沒有怨言。我希望這能讓大家高興起來，希望一切能恢復正常。我洗碗、掃地，還依照媽媽的指示用斧頭把一塊冰凍的鹿肉剁成小塊，放到爐子上煮。每次她要喝薑草茶，我都立刻送上，還端了剩下的一碗兔肉湯給她當午餐。我扶她坐起來吃喝，還從廚房拿一個鍋來讓她尿尿，再拿去廁所倒掉。爸爸說薑草茶有助於止血，但是看起來沒用。他綁在她斷臂上的抹布都是血，又髒又硬，床單也是。如果我能洗的話，我會洗。

說真的，我到這時候才知道媽媽平常做了多少事，因為這些事如今都落到我頭上。我踩著矮凳站在爐前，努力要搞清楚晚餐的鹿肉煮好了沒。（媽媽說：「假裝叉子是妳的牙齒，插進去看看就知道。」）就在這個時候，爸爸打開後門，探頭進來。

他說：「來。」

我把鍋子移到火旁邊，開心地穿上冬季外出服。天快黑了，白天雖出過大太陽，現在雲層卻很厚，氣溫也在下降，起風了，可能要下雪。我深吸一口冰冷的空氣，像犯人出獄，或像從關了一輩子的動物園放出來，重返野外。我跟著爸爸穿過院子，拚命忍住才沒用跳的，好好走路。

爸爸帶了他最喜歡的一把刀，七吋長的KA-BAR，碳鋼刀刃，刀柄纏著皮，跟美國海軍陸戰隊在第二次世界大戰用的一樣，但他這把是當陸軍時得來的。KA-BAR是極佳的格鬥刀，開罐頭、挖戰壕、切木頭和繩索都很好用。但我還是最喜歡我的鮑伊刀。

這時我才發現我們要去的地方是柴房，我胳臂上的疤一陣刺痛。我不知道爸爸打算對那個人怎樣，但我猜得到。

那個人一見我們進門，就拚命往後縮。爸爸蹲坐在他面前，將刀在兩手之間拋過來拋過去，讓他看。讓他知道我爸很清楚接下來要做什麼，卻還沒決定從哪裡開始。他瞪著那個人的臉看了好一會兒，然後目光往下移，胸膛，小腹。那個人看起來快吐了，就連我也想吐。

忽然，爸爸抓住那個人的衣服，用刀切開，從領子一路切到腰，然後用刀尖碰碰那個人的胸，那個人嚇得亂叫。爸爸稍微施力，刀刺穿皮膚，那個人大叫。爸爸開始在他胸上寫字，那個人的叫聲變成了慘叫。

爸爸在他身上刺字，刺了很久。爸爸說那是刺青，但在我看來那些字實在不能算是刺青。

那個人昏過去後，爸爸停下動作，起身走到戶外，用雪洗手和刀。我們走回小屋，我頭很暈，腿很軟。

我把刺青的事告訴媽媽，她拉起衣服給我看爸爸刺在她身上的字：賤人、妓女。我不知道那些字的意思，媽媽說是很壞的字。

第二天早上，爸爸沒先虐待柴房的人，就去沼澤獵春鹿了。他說我們現在比從前更需要肉，因為多了一張嘴。但爸爸根本沒給他東西吃。再說，我們的地窖裡有足夠的蔬菜，可以吃到鴨子和鵝回來，儲藏室也有罐頭和其他食物。

我想爸爸只是假裝去打獵，其實躲在附近監視，看他不在家的時候我聽不聽話。他不在的時候，那個人由我負責看管。我應該早晚各給他一杯熱菊苣茶，不給別的。我不知道這個人只喝菊苣茶要怎麼活，爸爸說這就對了。

爸爸稱那個人為「獵人」，但我知道他的名字叫約翰。媽媽說「獵人」的姓要唸作勞－卡－南，每個音節都一樣，沒有重音。我試了兩次才講對。她說芬蘭姓看起來好像很難唸，因為有重複的輔音和母音字母，但其實不難。英語有些字母不發音，芬蘭語則是怎麼寫就怎麼唸。

媽媽說她跟「獵人」在同一個小鎮長大，那地方叫做紐伯里，被我爸擄來沼澤之前，她跟「獵人」最小的弟弟是同學，還暗戀過他。

媽媽說她姓哈尤，這也是芬蘭姓，她的祖父母婚後不久就從芬蘭移民到密西根，開採銅礦。我看《國家地理雜誌》上的地圖，芬蘭、丹麥、瑞典和挪威都是斯堪地那維亞的一部分，而斯堪地那維亞人是維京人的後裔。也就是說，我媽是維京人，我也是。我真是太高興了。

印象中那是媽媽最多話的一次，我在那一天知道了媽媽的姓，忽然才發覺我並不知道自己姓什麼。或許我沒有姓，那麼就自封為「勇者赫蓮娜」吧。現在我知道媽媽小時候住的地方叫紐伯里，她是維京人，所以我也是維京人，我還想知道更多，但媽媽說她累得沒辦法再說話，閉上眼睛睡了。

我穿上外套，前往柴房，希望能跟「獵人」打聽更多我媽那個小鎮的事，不知道那裡有沒有別的維京人，不知道我爸媽還有什麼事我不知道。

柴房裡味道很難聞，「獵人」胸前的傷口血肉模糊，腫起來，還抹了棕色的東西，我爸在他刺青上用的好像不是煤灰，而是糞便。

「獵人」用氣音說：「救我。」起初我以為是怕我爸聽見，後來才看到他喉嚨上的瘀青，原來如此，難怪昨晚他突然停止慘叫。「求求妳，我得離開，去拿手銬鑰匙，救救我。」

我搖搖頭。我不喜歡爸爸這樣對待「獵人」，可是我知道如果幫「獵人」逃跑，我會有怎樣的下場。「沒辦法，鑰匙在爸爸那裡，他一直帶在身上。」

「那就鋸斷梁柱，用妳爸的鋸子，總有辦法的，**求求妳**，妳一定要救救我，我還有妻兒要照顧。」

我再次搖頭。「獵人」不懂，他不知道這要求有多麼過分，就算我願意，也鋸不斷那根梁，我爸說蓋這小屋的人特地把梁和鐵環做得這麼堅固，是因為要把公牛關在柴房裡。那時候柴房裡堆的不是木柴，而是乾草。我問這是不是表示我們的柴房以前叫做牛房或草房，爸爸還大笑。我看過爸爸用鋸子，很多次，但我自己從來沒用過。

「赫蓮娜，妳爸是壞人，他做出那種事，該去坐牢。」

「他做了什麼？」

「獵人」朝門口看一眼，好像很怕我爸聽見。這很蠢，因為柴房牆上有很多縫，如果爸爸在外面偷聽，我們一定看得見。

他看我看了好一會兒，才說：「妳媽還是小女孩的時候，跟妳現在差不多大的時候，妳爸擄走她，把她帶離家人，帶到這裡，她並不想來。他誘拐她。妳知道『誘拐』的意思嗎？她等於是被綁架。」

我點頭。亞諾馬米人常常去其他部落搶女人回來當太太。

「大家到處找她，到現在還在找。妳媽媽想回家，而妳爸該為他的所作所為去坐牢。求求妳，一定要幫我逃走。如果妳幫我逃走，我保證用雪地摩托車載妳跟媽媽一起走。」

我不知道該怎麼接話。我不喜歡他說我爸該坐牢，該去惡魔島、巴士底監獄或倫敦塔那種地方。我懂他為什麼認為搶女人是錯的，但不這麼做男人要怎麼找老婆呢？

我起身要回小屋，他在身後喊：「如果不信我，去問妳媽。她會跟妳說，我說的是真的。」

我給媽媽泡了杯茶，送進房間。她一邊喝，我一邊把「獵人」說的告訴她。聽完她沉默許久，我還以為她睡著了。

最後她點點頭說：「是真的。我小時候，妳爸誘拐我。當時我跟朋友在鐵軌旁邊火車站長的空宿舍玩，妳爸出現，說他的狗不見，問我們有沒有看見一隻棕色的可卡貴賓犬，我們說沒看見，他就拜託我們幫忙找。但他是騙人的。妳爸帶我到河邊，叫我上獨木舟，帶我到小屋，把我拴進柴房。我哭他就揍我。我求他放我走，他就不給我東西吃。我越反抗，就越淒慘，所以過了一陣子，我就聽話了。我不知道還能怎麼辦呀。」

她抓起棉被角擦眼淚。「妳爸是壞人，赫蓮娜，他想淹死我，他把妳丟進井裡，他打斷我跟約翰的胳臂，他**綁架**我。」

「可是亞諾馬米人也從別的部落搶女人做老婆，我不懂這有什麼錯。」

「如果有人來我們小屋，不問妳願不願意，就硬把妳帶走，妳會怎樣？這麼一來，妳再也不能打獵釣魚，不能在沼澤亂跑，如果有人這樣對妳，妳會怎麼做？」

我毫不猶豫地說：「我會殺了他。」然後我就懂了。

爸爸下午從沼澤回來後，我故意讓自己在廚房忙，以免他喚我去看他虐待「獵人」，可是慘叫的聲音還是一直從柴房傳出來。

晚上我送菊苣茶過去的時候，「獵人」說：「他會殺我。」他的臉腫得要命，青一塊紫一塊，說話很困難。「騎車走。明天。妳爸一出門，妳就騎我的車走，帶上妳媽，找人回來救我。」

「不行，車鑰匙在爸爸那裡。」

「我有備用鑰匙，放在車後面的小鐵盒裡。雪地摩托車不難騎，我教妳。求求妳，去求救，否則就來不及了。」

「好吧。」我之所以答應，倒不是因為「獵人」求我，也不是因為相信爸爸是該去坐牢的壞人，而是因為如果不這麼做，「獵人」就要死了。

我在木屑堆裡盤腿坐下，仔細聽他講解，聽了很長時間。「獵人」痛得難以開口，我爸可能把他臉的骨頭也打裂了。

之後兩天，一如往常。我做了爸爸和自己的早餐，接著爸去沼澤。我整天挑水、做飯、打掃，假裝一切都很正常，媽媽和「獵人」並沒奄奄一息，我爸也不是壞人。我努力把注意力放在回憶中的好事上，像是小時候爸爸給我木板和釘子做養鴨的圍欄，雖然他知道野鴨沒辦法當雞養，還是讓我玩；我看了關於維京人的文章，就叫他喊我無畏的赫爾嘉，他也順著我；我還小的時候，他會讓我坐在肩上，帶我去沼澤玩。

第三天早上，庫斯托和卡呂普索找我開會，媽媽在房間躺著，「獵人」在柴房，藍波在工具間，爸爸在沼澤。我們三個坐在客廳的熊皮上，照印地安的方式開會。

庫斯托說：「妳得走。」

「而且要快，」卡呂普索說，「不然妳爸就要回來了。」

我拿不定主意。如果離開時沒得到爸爸允許，我就再也不能回來。

「我媽怎麼辦？」她胳臂斷了，連吃飯喝茶都得我扶著餵。「她沒辦法坐雪地摩托車，她撐不住的。」

「妳媽可以坐妳前面。」卡呂普索說。「這樣妳能護著她，也能控制方向。」

「那『獵人』怎麼辦？」

庫斯托和卡呂普索搖搖頭。

庫斯托說：「他太虛弱，沒辦法坐妳後面。」

卡呂普索也說：「他胳臂斷了。」

「我不想丟下他，你們也知道，我爸回來發現我跟媽媽都不在，『獵人』就慘了。」

「『獵人』希望妳們走呀，他自己說的，如果他不希望妳走，就不會教妳騎車了。」

「那藍波呢？」

「藍波可以跟著車跑。妳必須走，立刻走，今天就走，在妳爸回來之前，趕快走。」

我咬住嘴唇，不知道為什麼下決心這麼困難。我知道媽媽和「獵人」活不長了，我見過太多動物死去，看得出徵兆。如果今天不帶媽媽離開沼澤，她可能就再也走不了，永遠都走不了了。

庫斯托和卡呂普索說他們有個故事可以幫我做決定，他們說我還很小的時候，媽媽跟我說過這個故事。這個故事叫做童話，雖然是假的，可是其中含有教訓，就跟我爸的印地安傳說一樣，你可以從中學習。他們說，我媽小時候很愛童話，她有一本童話書，是一個叫漢斯·克里斯蒂安·安徒生的人寫的，還有一本是一對自稱格林兄弟的人寫的。他們說，在我還是小寶寶的時候，媽媽會講這些故事給我聽，她最愛《沼澤王的女兒》，因為故事裡的人跟她很像。

那個故事說的是一位美麗的埃及公主、一個叫「沼澤王」的可怕妖怪，以及他們的女兒。那個女兒叫做赫爾嘉，也就是我。赫爾嘉還是寶寶的時候，睡在蓮花上，被鸛鳥送去維京人的城堡，給了很想生孩子卻生不出來的維京人太太。維京人的妻子很愛小赫爾嘉，但是白天的赫爾嘉很粗野很難管，很愛她的養父和維京人的生活，會射箭，會騎馬，跟男人一樣會用刀。

「跟我一樣。」

「跟妳一樣。」

白天的赫爾嘉外表跟生母一樣美麗；性格則像生父，野蠻邪惡。到了晚上，性格就變得甜蜜溫柔，像媽媽，但外表很醜，是一隻青蛙。

「我不覺得青蛙醜。」

「那不是重點，」庫斯托說，「妳聽就是了。」

他們告訴我，沼澤王的女兒在兩種天性之間掙扎，有時候想做對的事，有時候不想。

「她怎麼知道哪一種才是她真正的天性呢？」我問。「她要怎麼知道自己的心是好還是壞？」

「她的心很好，」卡呂普索堅定地說，「她救出她爸爸囚禁的教士，證明了這一點。」

「怎麼救？」

「妳聽就是了。」卡呂普索閉上眼睛。

這表示她要講一個很長的故事，我爸也會這樣。他說閉上眼睛有助於回想細節，因為情境能在心裡重現。

「有一天，維京人從遠方抓了俘虜回來，是個基督教士。」卡呂普索說。「他把教士關進地牢，打算第二天在森林將他獻給維京諸神作為祭品。那天晚上，青蛙獨自坐在牆角，四下非常安靜，但她的心裡有種聲音，那是來自靈魂的聲音，來自赫爾嘉的靈魂。那聲音聽起來很痛苦，彷彿有個新生命從她心中升起。

「她向前一步，側耳靜聽，然後再一步。她費了很大的功夫，用笨拙的小手打開牢房的門閂，進了牢房。教士在沉睡。她用溼溼冷冷的手碰他，他醒來一看到青蛙，就嚇得要命，以為是邪靈。她拔出刀，切斷他手腳上的繩索，叫他跟她走。」

這故事好耳熟，他們說我聽過，但我不記得了。

卡呂普索問：「妳真的不記得？」

我搖搖頭。我不知道為什麼他們記得我媽的故事，我卻不記得。

「醜青蛙帶他穿過隱密的長廊，走到馬廄，指一匹馬給他。他騎上馬，她也跳上去坐在他前面，緊緊抓住馬鬃。他們騎出森林，經過荒野，再度進入一座沒有路的森林。教士忘記她的醜陋，只知道上帝的慈悲拯救了他。他祈禱，唱聖歌。她聽得渾身顫抖，想要跳開，但基督教士用盡全力緊緊抓住她，虔誠地歌唱，彷彿這樣就能解除魔咒，讓她從青蛙的形體中解脫出來。」

卡呂普索說得對，我確實**聽過**這故事。我原本沒意識到的記憶像漣漪似的在我意識邊緣漾開，漸漸變得清晰。我還是個寶寶的時候，媽媽唱歌給我聽，低聲對我說話，抱我，親我，給我講故事。

「下一段讓我來說，」庫斯托說，「下一段我最喜歡。」

卡呂普索點點頭。

庫斯托和卡呂普索從不爭執，真好。

「馬飛似地跑，比平常更快。」庫斯托激動得比手畫腳，眼睛發光。他的眼睛跟我一樣是棕色的，頭髮跟我媽一樣黃；卡呂普索的頭髮是棕色的，眼睛是藍色。

「天空紅紅的，黎明第一道光線射穿雲層，陽光下的青蛙開始變身，再次變成了赫爾嘉，年輕美麗，卻有邪惡的靈魂。教士發覺自己懷抱著美麗的年輕女子，嚇得不得了。

「他勒馬跳下來，心想這不知是什麼邪術。赫爾嘉也跳下馬，站在地上，衣服太短只到膝蓋，她抓起腰間的利刃，閃電般衝向嚇傻的教士。

「『讓我殺了你！』她大叫。『讓我殺了你！讓我用刀刺進你身體，你這個面色如土的，沒鬍子的奴隸。』他倆纏鬥起來，那教士彷彿得到某種神祕的力量，並未落敗。

「他緊緊抱住她，老橡樹彷彿也在幫忙，用根纏住她的腳。教士溫柔地告訴她，夜裡她發揮愛心，以青蛙的形態解救他，帶他重獲生命與光明，現在她受到的束縛更甚於他，所以他也要幫她解除束縛，讓她也得到光明的新生。她鬆開手，臉色蒼白，用驚訝的眼光望著他。」

我也很驚訝，這故事和爸爸說的那種故事完全不同。

「赫爾嘉與教士繼續前行，經過荒野，又進入了一座沒有路的森林。」卡呂普索繼續說，「在這裡，接近傍晚時分，他們遇上強盜。『你從哪裡搶來這麼漂亮的妞？』強盜抓住馬轡頭，拖他們下馬。教士沒有什麼可以保護自己，只有從赫爾嘉那裡拿來的刀，他拿著刀左揮右揮，有個強盜朝他揮斧頭，年輕的教士閃開了，卻砍中馬兒的頸子，血噴出來，馬倒地。

「赫爾嘉彷彿大夢初醒，撲向垂死的馬。

「教士挺身擋在她前面，想保護她，一名強盜揮斧頭砍在那基督徒頭上，力道很重，把頭給砍碎了，血和腦漿飛濺，教士倒地死亡。

「於是強盜抓住美麗的赫爾嘉，抓住她雪白的手臂和纖細的腰。就在這個時候，太陽落下，最後一絲日光消失，美女變成青蛙。淺綠色的大嘴橫過半張臉，胳臂變得很細，手掌變得很寬，手指還連著扇形的蹼。強盜嚇得放開她，她就這樣站在他們中間，一隻醜陋的青蛙。」

「青蛙不……」

卡呂普索伸出一隻手指，放到嘴上。

「滿月已經升起，」庫斯托說，「月亮的光輝照耀大地，而可憐的赫爾嘉，以青蛙的形態站在灌木叢裡，站在基督教士和馬兒的屍體旁邊，悲傷地看著他們，頭部發出呱呱的聲音，像小孩子在哭。」

「妳看，她邪惡的天性很強，」卡呂普索說，「但她善良的天性更強。這故事教我們的就是這個。妳要不要讓善良的天性贏？要不要帶媽媽走？」

我點點頭。腳都坐麻了，我們站起來伸展一下，去廚房門邊拿媽媽掛在那裡的外套，還有她的靴子、帽子和手套。

「我們要離開了？」媽媽見我把她的外出裝備拿到床邊，就這麼問。

我說：「沒錯。」卡呂普索摟住我媽的肩膀，扶她坐起來。庫斯托推她的腿，幫她下床。我跪在地上幫她套靴子，然後幫她把沒斷的那隻胳臂穿進外套袖子裡，再拉上外套的拉鍊。

「妳站得起來嗎？」

「我盡量。」她右手撐床，沒用。我把她手臂搭在我肩上，摟住她的腰，扶她起身。她搖搖晃晃，但勉強能站。

我說：「我們動作得快。」

如果爸爸今天沒獵到鹿，就要再過好幾小時才會回來，但如果獵到了，就會早很多。

我扶媽媽走到廚房。她很虛弱，我不知道要怎樣把她弄上摩托車，但我沒有告訴她。

「對不起，赫蓮娜，」她喘著氣，臉色蒼白，「我得坐一下，一下下就好。」

我想告訴她，要休息等上車以後再休息，我爸說不定馬上就到家，現在耽擱的每一分鐘都很嚴重，可是我不想嚇她。我拉了把椅子給她坐。「在這邊別動，我馬上回來。」其實這是廢話，她哪兒也去不了。

我、庫斯托和卡呂普索站在門廊上，望著院子外面，目前還沒有爸爸的動靜。

我們穿過院子，往柴房走，庫斯托問我：「妳明白嗎？妳知道妳得做什麼嗎？教士犧牲自己，是為了讓赫爾嘉能夠獲救。」

「妳得救妳自己，還有妳媽，」卡呂普索說，「『獵人』如果能說話，也會這麼說。」

我們站在門口，柴房臭得像溫迪哥的嘴，全是屎尿味，以及死亡與腐敗。「獵人」的斷臂發黑，腫得很厲害。他的衣服破了，胸前滿是結塊的血和膿，爸爸寫的字都看不見了。他的頭垂向一邊，眼睛閉著，呼吸很淺很亂。

我走進去，想謝謝「獵人」為我和媽媽做了這些，謝謝他把雪地摩托車騎來這裡，讓我們能離開沼澤，謝謝他給我機會送媽媽回到她爸媽身邊，謝謝他告訴我爸媽的事。

我喊他，用的不是爸爸取的名字，而是他真正的名字。

他沒反應。

我回頭望向門口，庫斯托和卡呂普索點點頭，卡呂普索哭了。

我再想一次，爸爸回來發現我和媽媽不在，會對「獵人」怎樣。我拔刀出鞘。

我沒忘記要往旁邊站。

25

雨停了。我努力思索，希望能想出辦法利用這一點。我知道這聽起來很絕望，我確實很絕望。我爸在二十四小時之內殺了四個人，除非我趕快想出辦法阻止他，否則我丈夫就會是第五個。

我們離我家不到一公里了。前面就是水狸塘，再過去是溼地，然後是作為我家地界的草坪，接著就是後院的園籬，本來的用途是保護我家人，不讓掠食者靠近。

我走在前面，爸爸拿著我的槍跟在後面。他從死掉的獄警身上拿走的槍插在腰帶上。我盡可能走慢些，但還是太快。所有選擇都考慮過十幾次，但沒花多少時間，因為選擇不多。我沒辦法故意帶錯路，因為我爸很清楚這條路怎麼走。他身上有三把手槍，可是我一把也搶不到，因為我不但戴著手銬，還受了傷。

那就只剩一種選擇可能成功。我們現在走的，是鹿群走出來的小徑，這條小徑緊挨著懸崖邊，下方是小溪，溪水是從水狸塘流過來的。我打算一走到樹木稀疏的地方，就往下跳。那裡的坡必須夠陡，讓我能一路滾下去，讓爸爸看到我躺在懸崖下的溪水裡一動也不動，斷定我傷得太重不可能往上爬。希望他認為我不是重傷就是死了，能丟下我自己往前走。

頭下腳上落入懸崖，帶著受傷的肩膀滾下山坡，必定會再受傷，恐怕還是重傷。但若想唬住我爸，就得看起來夠真實，我得摔得很誇張，很戲劇化，必須真的冒險，甚至冒生命危險。爸爸猜不到這是詭計，因為他無法想像有人會為家人犧牲自己的生命。

我在懸崖下裝死的時候，爸爸會繼續朝我家前進，但是除此之外我沒有別的辦法跟他分開。我們走的這條路比較遠，會繞過我家後面的溼地。爸爸一走出視線範圍，我就會越過小溪爬上另一邊的山坡，走捷徑穿過水狸塘下面的沼澤地，迎頭趕上我爸，突襲他，做我該做的事。我本來不想傷害爸爸，這是他自找的。他開槍射我，改變了遊戲規則，現在起沒有規則了。

如果爸爸沒有繼續朝我家前進，而是隨我下崖，想把我拉出河拖上山，逼我繼續像囚犯似的跟他走，我也會做好準備。我會用手臂鎖住他喉嚨，用手銬勒住他，如果沒別的辦法能阻止他，我就把他拖進小溪，一起淹死。

但我敢說事情不會走到那一步，我知道爸爸怎麼想事情。他總是以自我為中心，這一點現在反倒對我有利。以自我為中心的人可以隨環境改變計畫，但是不會去改變他設想好的結局。爸爸想帶我走，更想帶走我女兒。我離開沼澤，等於是在他和媽媽之間選擇了媽媽。我選擇媽媽，讓他很失望。抓走我女兒是他的另一個機會。他可以用各種手段強迫她們聽話，把她們塑造成另一個我，而且是那個背叛他的女兒的改良版。這一切都指向一種結果，無論有我沒我，我爸都會去找我女兒。

希望真能如此。

我先假裝跌倒，好讓待會的戲顯得更真實。我跪倒之後還用戴著手銬的手撐地，因為頭腦不清的人就會這麼做。手著地那一刻痛得不得了，我倒抽一口氣，慘叫一聲，蜷起身體，一動也不動。如果有必要，我其實能忍得住……忍痛這事爸爸將我訓練得很好……但我希望他以為我已到臨界點，即將崩潰。

他踢我肋骨，把我翻過來。「起來。」

我沒動。

「起來。」他抓著手銬拉我起身。我又慘叫一聲，這一次是真的。我想起他過去所有的殘酷行為：砸我拇指教我小心，無緣無故虐待「獵人」，嫌我跟在後面問問題太煩人，就把還是幼兒的我銬在柴房裡。我絕對不能讓這個人靠近我先生和女兒。

「走吧。」

我向前走，邊走邊找行動的最佳地點。每棵樹，每塊岩石，都喚起回憶。艾莉絲在這裡摘了延齡草和五月花，併成一束花。瑪莉在那塊岩石後面找到一隻紅腹蠑螈。第一個結婚週年紀念日，我和史蒂芬在那塊大石頭上喝了一瓶紅酒，隔著水狸塘看夕陽。

我被樹根絆倒了。兩次跌倒足夠建立起模式，再多我爸反倒會起疑。

前方樹與樹之間的空隙看起來還不錯，坡有點太陡，將近六十度，高約三十公尺，但上面長的是羊齒草，不是矮松。我想我也找不到更好的了。

我受傷的肩膀猛然撞在地上，我咬住嘴唇，放鬆手腳，任自己往下一直滾，一直滾。沒想到要滾這麼久，好不容易才到底，我撞上被水推集在一處的樹枝，停了下來，臉和溪水相隔數吋，靜止不動。我努力不去想傷勢，專心聽爸爸的動靜，提醒自己這麼做是為了家人。

四下沉寂。我等了很久，才微微抬頭望向崖頂。

計畫奏效，我爸走了。

▼

我坐起身來，肩膀爆痛，我倒抽一口氣，仰倒在地，閉上眼睛，努力調整好呼吸，再慢慢坐起。我拉開外套拉鍊，脫掉半邊，查看受傷的肩膀。好消息是爸爸的子彈只擦到我的皮膚，壞消息是我流了太多血。

「妳還好嗎？」

卡呂普索和庫斯托坐在河邊，跟我記憶中的形貌一模一樣。庫斯托仍然戴著紅色毛線帽，卡呂普索的眼睛藍得像夏天。他們穿著工作靴和連身褲，還有法蘭絨襯衫，因為……我現在才意識到，當年創造他們的時候，我只知道這一種衣服。我還記得我編造了好多和他們一起經歷的冒險故事。

庫斯托站起來伸出手。「來，妳得趕快，妳爸快逃走了。」

「妳可以的，」卡呂普索說，「我們會幫妳。」

我勉強起身，評估周遭的環境。小溪不寬，不超過六公尺，但從兩邊山丘的坡度看起來，溪流中央應該很深，水可能高過我的頭。如果沒戴手銬，我可以輕輕鬆鬆游過去，可是現在我連基本的平衡都維持不了。「赫蓮娜戴著手銬無法游泳，所以淹死了」，這可不是我想說的故事。

「來這邊。」庫斯托帶我往下游走，那裡有棵雪松倒著，正好橫跨過溪。好主意。我走進溪裡，走在上游這一側，靠雪松支撐，就不會被沖走。斷枝和落葉墊在下面，水就不會太深。樹枝踩起來好滑，我只能慢慢走，小心落腳。我身體的重量讓樹動了一下，我努力不去想像如果樹滑開了會怎樣。

回憶在我腦中閃過：我跟爸爸坐在獨木舟上。我還很小，兩歲或三歲吧。河轉彎的時候，我彎腰想從河裡撿葉子，或是樹枝，或是其他吸引我注意的東西，不小心掉進了河裡。我張嘴想喊，結果只吃到水。我記得抬頭看見水裡折射的陽光，我本能地緊緊閉住嘴，拼命踢，可是要不了多久我的肺就好像快爆炸了。

然後，爸爸抓住我的外套，把我從水裡拉回獨木舟上，快速划到一處沙洲，跳下來，把獨木舟拖到岸上，脫掉我的衣服，用他的衣服來擦我，一直擦到我身體變暖，牙齒不再打顫。他扭乾我的衣服，攤在沙灘上，抱著我坐在沙灘上說故事，一直說到我衣服曬乾。

這一次，我只能靠自己了。

我繼續走，一步接一步，每一步都很小心，一直走到對岸。上岸後我抬頭看，那道山坡又高又陡，就跟聖母峰一樣可怕。我開始爬，避開鬆脫的碎石，需要休息的時候就用手鉤住樹根或樹枝。我忍著痛，忍著累，靠意志力鞭策身體，不讓腦子管事，希望能像長跑選手那樣，任身體痛苦哀求，依然堅忍繼續向前。

庫斯托和卡呂普索一直爬在我前面，像猴子那麼靈巧。「妳可以的。」每當我覺得再也沒辦法的時候，他們就這樣對我說。

最後，終於到山頂了。我躺下來喘氣，緩過來以後就起身。我四下張望，以為庫斯托和卡呂普索會恭喜我努力達成目標，但他們不在。我孤身一人。

26

小屋

赫爾嘉跪在基督教士和馬兒的屍體旁邊，想起維京人的妻子，想起養母那雙溫柔的眼睛，和她為可憐的青蛙女兒流的眼淚。

她望著閃爍的星星，想起一同馳騁在森林和原野時教士在陽光下發亮的額頭。

聽說滴水可以穿石，海浪可以把石頭的銳角磨圓，甘露般的慈悲也是這樣，軟化了她的心，去除了她的頑劣。

這些效果隱而未現，她自己並不知道。就像地上的種子並不知道，當新鮮的朝露和溫暖的陽光降臨，它內在的力量將會使它茁壯開花。

——漢斯·克里斯蒂安·安徒生，《沼澤王的女兒》

我步出柴房，向小屋走去，手在發抖。我不想讓「獵人」銬著手銬吊在那裡，屍體應該要得到清洗、整理、穿上好衣服，然後用白樺樹皮裹好，挖個淺坑葬在樹林裡。應該要有巫醫跟死人說些安慰的話，教他怎樣從這個世界走到下一個世界，還要獻菸草給神靈。希望爸爸能照印地安的習俗來處理「獵人」的屍體，不要丟進垃圾坑。

「汽油。」卡呂普索說。「雪地摩托車要先加油，才不會跑到一半跑不動。」

「沒錯，」庫斯托說，「妳不知道『獵人』騎了多遠才到這裡，說不定油都快用光了。」

我覺得這件事我自己就應該要想到才對，但一切發生得太快，我真不知道如何是好。幸好有庫斯托和卡呂普索幫我。我把車推到自流式輸油箱旁邊。爸爸想知道還剩多少油的時候，就從頂上的孔插一根長棍進去，然後抽出來對照在油箱外畫線。我沒問他就拿油，他知道了一定會生氣。

「你們覺得用這個油對嗎？」我很後悔沒問「獵人」。

「雪地摩托車聽起來很像鏈鋸，」庫斯托說，「就用跟鏈鋸一樣的油好了。」

爸爸鏈鋸油的配方是兩加侖汽油加一品脫的油，我就先把油倒進紅色的大鐵罐，然後加上汽油，然後把這混合物加進雪地摩托車的油箱，加得滿滿的。

「再把鐵罐加滿，」卡呂普索說，「綁在車後面，以防萬一。」

我跑去工具間拿繩子，跑回來，綁好汽油罐，然後把車盡可能推到臺階前。庫斯托和卡呂普索站在廊上等我。我媽依舊坐在餐桌前，頭枕在胳臂上，眼睛閉著，頭髮溼溼亂亂。有一瞬間我以為她死了，但後來她抬起頭，痛得皺起眉頭，臉色蒼白，努力站起，搖搖晃晃，又坐了下去。看來要把她弄上車比我原本想的還要難。

我把她沒斷的那隻胳臂搭在我肩上，一手抓住她手腕，一手摟住她的腰，扶她起身。從太陽的角度看來，快中午了。在這個季節，我們還沒吃完晚飯，天就黑了。但願六個小時夠我們用。

我回頭看廚房最後一眼，看看桌子，看看爐子，我爸的內衣還吊晾在爐子上方，因為我媽不做派所以派櫥裡面放著碗，層架上排著果凍和果醬。我想打包一些食物在路上吃，可是庫斯托和卡呂普索搖搖頭。

我們開始下階梯。我怕媽媽一跌倒就再也扶不起來，所以庫斯托和卡呂普索站在兩側守護，如果媽媽跌倒，他們就會扶住。我花了好長時間才把她弄上車，她一坐上去我就跑到另一邊，幫她把一隻腿拉過去跨好。

「我是不是該把她綁起來？你們覺得呢？」媽媽搖晃得太厲害，坐不穩。

卡呂普索說：「綁起來沒壞處。」

庫斯托說：「可是動作要快。」

我已經盡可能快了呀。

我跑去工具間再拿一條繩子，跑回來，用繩子纏住媽媽的腰，然後繫在握把上。我戴上「獵人」的頭盔。頭盔很重，前擋玻璃的顏色很暗，讓我視線不清。我拿下頭盔，改戴在媽媽頭上，然後跑到車後找出備用鑰匙。「獵人」說雪地摩托車是用電力啟動的，我只要轉動鑰匙就好。他說如果引擎沒有馬上發動，那可能是因為車子放著好幾天沒動，天氣太冷。這種狀況下我得趕快放開鑰匙，不要一直扭著，會燒壞。只要同樣的動作多重複幾次，引擎就會發動了。但願這事做起來不像聽起來那麼複雜。

我擠進媽媽和汽油罐之間，抱著她抓住車子的把手。只扭兩下鑰匙引擎就轟隆隆活過來。我身子歪向一邊，才不會被媽媽擋住視線。我放開煞車，打開油門，車就往前衝。我調整油門，車速就變慢，跟「獵人」說的一樣。我再試一次加速，然後慢慢在院子裡繞一繞，適應一下，才又加速騎出去，跟隨「獵人」來時留下的痕跡，出發了。

「妳還好嗎？」我騎進沼澤區時大聲喊。媽媽沒反應。我不知道是頭盔害她聽不見，還是引擎太吵，又或許是另外一個原因，但那個我不去想。

我把油門催到最大，風扎我的臉，拍打我的頭髮，車速快成這樣，我好想大叫。我回頭看，藍波在一旁跟著，跑得很輕鬆。「獵人」說看指針就知道車速，指針指向十二，我都不知道藍波能跑這麼快。

我想到外公外婆，不知道他們是什麼樣的人。「獵人」說他們從未放棄尋找我媽，再見到她會高興得不得了。不知道我會不會喜歡他們。不知道他們會怎麼想我。如果他們有汽車，坐在裡面不知道是什麼感覺。說不定將來我們會一起坐火車，或巴士，或飛機。我一直想去巴西看看亞諾馬米族。

就在這個時候，有個東西呼嘯飛過我的腦邊，尖銳的爆裂聲在沼澤迴響。

「赫蓮娜！」我爸高喊。那聲音充滿憤怒，連摩托車的引擎聲都蓋不住。「妳給我立刻回來！」

我放慢車速。事後回想，當時我應該要加速向前衝，不要回頭，但我太習慣聽爸爸的話。

「繼續騎。」媽媽突然警覺起來。「快點，不要停！」

我停下車，回頭看。爸爸逆光站在我們的小山上，雙腳打開，像個巨人，舉著步槍，長髮飄飄好像梅杜莎，那把槍指著我。

他又開了一槍。這一槍也是警告，因為爸爸若想打你，一定打得中。這時我才發覺停車是個錯誤。我不能回家，如果回去，爸爸一定會殺掉媽媽，說不定還會殺掉我。可是如果不聽話硬要走，他一發子彈也能同時要了我們兩個的命。

爸爸開了第三槍，藍波慘叫一聲，我跳下車，跑到倒地的藍波身邊，摸牠的頭、牠的肚子、牠的胸，發現爸爸射中的是我寶貝狗狗的腳。

又一槍。我媽慘叫一聲倒在車龍頭上，肩膀上有彈孔。那把雷明登步槍一共能裝五顆子彈，重新裝填之前我爸只能再開一槍。

我站起來，淚流滿面。爸爸討厭看我哭，可現在我不在乎。

我以為爸爸會嘲笑我的眼淚，但他沒有。他笑了。直到今天我還記得那個表情。得意。冷酷。無情。他認為他贏定了。他用步槍指指我，指指藍波，再指我，又指回藍波，像玩我媽和「獵人」那樣玩我。我明白了，他先朝誰開槍都一樣，無論如何，他會把我們統統殺掉。

我跪下，抱住藍波，把臉埋在牠的毛裡，等子彈終結我的性命。

藍波顫抖，低嗚，掙脫開來，勉強用剩下的三條腿一跛一跛衝向我爸。我吹口哨叫牠回來，牠還是一直跑。我爸大笑。

我跳起來，張開雙臂大罵：「你混蛋！」我不知道這是什麼意思，但既然被我爸刺在「獵人」身上，一定就是壞的。「你渾球！你狗娘養的！你還在等什麼？**開槍打我啊！**」

我爸又笑。他舉槍對準我跛腳的狗，藍波齜牙怒吼，全力向前衝，像是要跟狼或熊搏鬥。

我明白了。藍波是想引開我爸的注意力，讓我逃走。牠想盡全力保護我，至死方休。

我衝向雪地摩托車，跳上去抱住媽媽，油門全開。我不知道媽媽是死是活，不知道我們逃得掉逃不掉，不知道我爸會不會開槍把我們兩個都殺掉。但是，跟藍波一樣，我必須盡全力。

我們用最快的速度騎過冰凍的沼澤，風吹乾我的淚。身後響起另一聲槍響。

藍波叫了一聲，然後就靜了下來。

槍聲在我腦中迴響了很久很久。我忍住害怕，盡可能用最快的速度往前騎，眼淚模糊了視線，喉嚨乾得快要不能呼吸，眼前盡是我的狗躺在爸爸腳邊雪地上的景象。庫斯托、卡呂普索、「獵人」和我媽說得對，我爸是壞人。他完全沒道理開槍射我的狗。我寧可他開槍打我。要是我晚點出發，等他進入沼澤區再出發就好了。我應該騎快一點，他叫我停的時候不要停。如果我那麼做，我的狗就還活著，爸爸也不會開槍打媽媽了。

媽媽中槍以後，一直沒動靜。我知道她還活著，因為我摟著她，她的身體是熱的。但我不知道她還能活多久，我只能一直騎，一直騎，遠離沼澤，遠離我爸。

至於要去哪裡呢？我不知道。

我一直循著「獵人」留下的痕跡走，因為他叫我這麼做，但我真心想做的，是找到庫斯托和卡呂普索的爸媽。不是我捏造的庫斯托和卡呂普索，而是那天見到的一家人。我知道他們住在附近，我有把握，他們的爸媽一定會幫我們。

我早已離開沼澤區，進入樹林……就是我一直想要探索的那座樹林。天色很黑，我好後悔沒問「獵人」車燈怎麼開。說不定他說過，只是我忘了。要記的東西太多：不想被深雪卡住，就要調節油門。如果車子往右偏，就要將身體的重量往左移；如果車往左偏，身體的重量就要往右移。上坡的時候身體前傾，重量放在後面，這樣才不會翻車。下坡的時候身體往後仰。轉彎的時候身體向內。他講得太多了，我實在記不清。

雪地摩托車很重，騎起來沒有「獵人」說的那麼容易。「獵人」說他們那邊連小孩都會騎，如果此言屬實，那芬蘭小孩一定很壯。我有一次騎到路旁卡住，兩次差點翻車。

我很害怕。怕的不是樹林和黑暗，這些我都習慣了。我怕的是未知，怕的是會發生什麼壞事。我怕雪地摩托車沒油，怕和媽媽被迫在樹林裡過夜，沒有食物，也沒有掩護。我怕會撞上樹，把引擎撞壞。我怕我們跟「獵人」一樣迷路。

我怕我媽會死。

我騎了很久很久，最後，到達小徑終點。騎下一片陡坡，到了一塊長長窄窄的空地，停下來。我左看，右看，什麼都沒看見。沒有人，沒有叫做紐伯里的小鎮，沒有尋找我媽的外公外婆，「獵人」說會有的東西，統統都沒有。

空地出去有四條小徑，兩條在這邊，兩條在那邊，我不知道「獵人」說的是哪一條。如果走錯，不知道會怎樣。我想起爸爸的猜謎遊戲，兩個選擇都一樣，或許這四條路也沒什麼不同。又或許很不一樣。

我仰望天空。求求你，幫幫我，我迷路了。我不知道該怎麼辦。

我閉上眼睛虔誠祈禱，睜開眼時，遠方有小小的黃色光點，貼近地面，很亮很亮。是雪地摩托車。

我輕聲說：「謝謝。」我從前不知道諸神是不是真的，因為爸爸把我關進井裡的時候他們沉默不語，爸爸打我媽和「獵人」的時候他們也沒出手干預。但現在我知道他們是真的了，我保證以後再也不懷疑。

雪地摩托車越來越近，光點變成兩個，突然發出刺耳的聲音，像鵝叫，但比鵝叫更大聲，像是一大群鵝同時怒吼。

我閉上眼睛摀住耳朵，那聲音終於停止。好像有人開門，關門，然後說話。

「我沒看見她們！」是個男的在說話。「我發誓！她們坐在路中央，沒開車燈！」

有個女的大喊：「你差點撞死她們！」

「我就跟妳說我沒看見嘛！」他轉頭吼我：「妳在幹嘛啊！為什麼停在這裡？」

我睜開眼睛，笑了。一個男人，一個女人。庫斯托和卡呂普索的爸爸和媽媽。我找到他們了。

警察循著那條路去救「獵人」，我爸已經走了，「獵人」還銬著手銬，吊在柴房裡。所有人都以為我爸殺了他，不然呢？沒人會想到十二歲的小孩做得出這種事，所以罪名自然而然就落在那個誘拐強姦犯頭上。

一旦這理論成形，我就沒再多說什麼。外面的世界我不熟，可是我不傻。我知道承認「獵人」是我殺的對誰都沒好處，只會毀掉我的人生。我爸是壞人，要坐牢很久很久。大家都是這麼說的。我眼前還有很長的一輩子，爸爸的一輩子已經被他自己毀了。

即便如此，我還是為我的罪付出代價。殺人這件事會改變你。無論你開槍射、用圈套抓、用陷阱抓、剝皮、挖內臟，或是吃掉多少動物，都跟殺人不一樣。一旦你奪走另一個人類的性命，你就再也不是從前的你了。「獵人」原本活著，之後他死了，是我的手造成的。每次幫艾莉絲梳頭，或是幫瑪莉扣安全帶，或是攪拌爐子上的果醬，或是撫摸史蒂芬的胸膛，我都會想起這件事。我看著我的手做這些平凡的日常瑣事，心裡會想，*這雙手就是做那件事的手，這雙手奪走別人的生命*。我恨爸爸害我不得不做那個選擇。

我到現在仍然不懂，爸爸怎能如此輕易殺人，不留一絲悔恨。我每一天都會想到「獵人」，他有太太，還有三個小孩。每次看著女兒我都會想，如果她們小小年紀就沒了爸爸，會怎麼樣。離開沼澤之後，我很想去跟「獵人」的太太說，我很難過他們發生這種事，很感謝他為我和媽媽做出的犧牲。我原本以為爸爸判刑那天我可以在法院跟她說，沒想到她對我外公外婆提起訴訟，要分他們把故事賣給小報的錢，所以外公外婆不許我跟她交談。後來官司她打贏了，我才覺得好過一點。雖然外公說得也對，再多的錢也換不回她丈夫。

也換不回我的狗。有時想起藍波，我會哭……看到這裡你應該知道，我很少哭。爸爸槍殺藍波，這件事我永遠無法原諒。我回想過無數次，想知道如果一切重新來過，我的做法不同，結果是不是也會不一樣。最顯而易見的，就是「獵人」被我爸關進柴房後的早上，那時他還沒被我爸打到無法行動，我若是答應幫忙，他可能到現在還活著。

但「獵人」的死不是我的錯。他在錯的時間出現在錯的地點，就跟死於交通事故，或大規模槍擊事件，或自殺炸彈的人一樣。是「獵人」自己決定要在酒後騎雪地摩托車的，是他自己迷路，又做出一連串決定，才到了我們的小山。他沒選擇右轉而選擇左轉，繞過這叢樹而不是那一叢，看見炊煙，選擇來我們的小屋求援。他決定酒後跟朋友騎車的時候，當然不知道這個決定將會害他失去生命，但那仍是他自己的決定。

同樣的，我媽決定和朋友去鐵軌旁的廢棄空屋玩，在各個空房間跑來跑去的時候，她肯定也不知道，那一天之後，她會有十四年見不到家人。如果知道，她們就會去別處玩了。但她們並不知道。

同樣的，爸爸帶我去看塔夸瑪嫩大瀑布的時候，並不知道會種下後續種種的開端，不知道會因此失去他的家庭。我決定離開沼澤的時候，也不知道後來我和媽媽會那麼慘。我以為離開就只是騎車而已，沒想到爸爸會對媽媽開槍，還殺了我的狗；沒想到我離開時眼前最後的景象，會是藍波躺在爸爸腳邊的雪地上，一動也不動。

如果我能預知這些事，會有不同的做法嗎？當然。可是自己做的決定必須自己負責，就算結果不如人意，也得接受。

世上就是會有壞事發生。墜機，火車脫軌，洪水，地震，龍捲風。雪地摩托車迷路。狗被槍殺。年輕女孩遭人誘拐。

27

我開始跑。先是堅實的土地，接著是溼地，最後是沼澤。我用手遮雨，掃視池塘對岸。爸爸不在那裡。究竟是我迎頭趕上，還是他已經到我家了，很難說。

我往西轉，進入沼澤區，往小徑盡頭常有鹿群聚集的那叢赤楊跑。我跑得很快，跳過一個個草叢，盡量找夠乾夠結實的地落腳。對沼澤區不熟的人看不出來，但在我眼中，這裡的危險就跟馬路上的路標一樣清楚。有些地看起來夠硬，其實是流沙；有些水坑能讓人一秒沒頂。我媽的童話故事說：黏土上冒著黑色的大泡泡，吞掉了公主的蹤跡。

跑到赤楊樹那裡，我趴下來用爬的。地很溼，泥地上有縱橫交錯的痕跡，都不是最近的，也都不是人類留下的。爸爸可能嫌地太溼，改走別的路了。說不定已經到達我家，從後門溜進去了。我家的門從來不鎖，他很容易就能進去，逼史蒂芬交出車鑰匙，讓他開車去找我女兒。史蒂芬不肯說出女兒在哪裡，他就開槍殺掉史蒂芬。

我忍不住發抖了。我努力拋開這些想像，找到最溼的地滾一身泥，然後涉及膝的水去找最好的突擊位置，這樣才不會留下痕跡。

路上有塊布滿青苔的大木頭，很適合作為掩護，它看起來已經爛掉了，我爸很聰明，不會踩上去，他會跨過去，到時我就會出手。

我折下一段尖銳的松枝來做武器，然後在大木頭旁邊趴下，耳朵貼地，武器貼身。我還沒聽見爸爸的腳步聲，就先感受到震動，那震動非常微弱，換作別人可能會誤以為是自己的心跳，或根本感覺不到。但我知道。我緊靠木頭，緊緊握住松枝。

腳步停了。我靜靜等。如果爸爸疑心自己步入陷阱，不是轉身離開，就是找角度開槍射我。我屏住呼吸，腳步聲再次出現的時候，聽不出是離開還是靠近。

接著，靴子踩了下來，踩在我肩膀上。我翻身跳起，用全身的力氣將松枝刺向爸爸的肚子。松枝斷了。

爸爸伸手奪走我手上僅有的無用武器，丟到一旁，將我的麥格農手槍對準我。我彎腰攻擊他的腿，他晃了一下，雙臂伸出去維持平衡，手槍掉了。我想抓槍，爸爸把槍踢進路旁水坑，用腳踩我戴著手銬的手。我毫不遲疑抓住那隻腳，舉起來，爸爸倒下。我們滾在一起扭打成一團，我用手臂環住他的頭，用手銬勒他脖子，非常用力。他努力吸氣，拔出我的刀，往身後亂砍，能砍哪裡就砍哪裡，我的手臂，我的腿，我的腰，我的臉。

我更用力了。兩把葛拉克手槍在我爸後褲袋裡，就壓在我肚子上。如果我能拿到一把，這一切就能立刻結束。但是我有手銬，又勒著爸爸脖子，所以沒辦法。在此同時，因為我在後面勒著他脖子，所以他也沒辦法拔槍。我們就像兩隻鹿角卡在一起的公鹿，誰也無法脫身。我腦中浮現一個景象，幾天或幾週之後，我的家人路過此處，發現我們的屍體已經結冰，還擁抱在一起。不行，我得再加把勁。

我聽見狗叫，是藍波從我家那邊跑過來，腳步輕快，耳朵拍呀拍。

我大喊：「攻擊！」

藍波跑過來咬住爸爸的腿，往後撕扯。爸爸大吼一聲，用刀刺藍波。

藍波咬得更猛了，我爸慘叫翻滾，我不得不跟著滾。趁爸爸腹部朝下的時候，我把手臂從他頭上鬆開，拔出一把手槍，抵住爸爸的背。

「不動。」我對藍波下令。

藍波定住，含著我爸的腿，但不再撕咬。這不是動物在獵食，而是忠實的僕人在聽命。只有特定的品種加上大量訓練，才能讓狗在激戰中暫停。我見過許多不如藍波的狗，見了血就失控，毀掉獵物的毛皮。

我蹲下來俯視我爸，他沒動。他知道這時候不能輕舉妄動。

我說：「刀。」

他把刀扔進路旁水塘。

我起身下令：「站起來。」

爸爸站起來，舉手過頭，轉身面對我。

「坐下。」我指指那段大木頭。

爸爸照做。那落敗的神情使得一切都近乎值得。我沒掩飾自己的厭惡。

「你真以為我會跟你走？會讓你接近我女兒？」

爸爸沒接話。

「手銬的鑰匙，丟過來。」

他從外套裡掏出鑰匙，跟刀丟進同一個水塘。這是無意義的反抗，無論有沒有手銬，我都能開槍。

「我們有過美好的日子，邦吉—阿嘎娃特雅，」他說，「我們一起去看過瀑布，還有出現狼獾的那天晚上，邦吉—阿嘎娃特雅，妳記得嗎？」

我希望他別再喊我名字。我知道他的個性，現在這樣是想控制情勢，不認輸，可是……聽他這麼一說，我忍不住就想起那個晚上。那是我射到第一隻鹿以後的事，藍波還沒來到我們的小山，所以當時的我大概是七歲或八歲吧。我原本睡得很沉，突然心跳加速，驚醒過來，我聽到外面有聲音，像是嬰兒在哭……在我想像中嬰兒是那樣哭的，非常大聲，又有點像尖叫，我從沒聽過那種聲音，不知道是什麼。動物有時候會發出恐怖的聲音，尤其是在交配的時候，但這是什麼動物呢，我聽不出來。

爸爸在門口出現。他走到我床邊，用毯子裹住我肩膀，帶我走到窗邊。下面院子裡，月光下，我看見一個身影。

我低聲問：「這是什麼？」

「*Gwiingwa'aage*。」

狼獾。

我緊緊抓住毯子。爸爸常說，狼獾特別兇惡，什麼都吃：松鼠、水狸，豪豬……生病或受傷的鹿，說不定也吃小女孩。

狼獾走進院子，毛很長很亂，是黑色的。我往後退。狼獾抬頭望著我的窗，尖聲大叫。我衝回床上，爸爸拾起毯子，幫我蓋好。然後躺在我身旁摟著我講狼獾和牠好兄弟熊的故事，那是個有趣的故事。聽完以後，狼獾的聲音就不那麼嚇人了。

現在我知道密西根很少出現狼獾了。有人說密西根雖然也叫狼獾州，但州裡根本沒有這種動物。可是回憶本來就不見得真實，有時候重要的是感覺，我爸給我的恐懼取了名字，我就不再害怕。

我低頭看爸爸，我知道他做過可怕的事，就算坐一百輩子的牢，可能也不夠，但是那天晚上，他只是個父親，我的父親。

「好，」他說，「妳贏了。結束了。我離開。我保證再也不會接近妳和妳的家人。」

他伸出手，掌心向上，站起身來。我的葛拉克手槍依舊瞄準他胸口。我可以讓他走。天曉得我真的不想傷害他。我愛他，無論他做過什麼，我都還是愛他。今早出來找他的時候，我以為我是想抓他回監獄。我確實想這樣。但我現在才發覺，我和爸爸的關係比我以為的還要深，或許我出來找他真正的原因是想在他消失前見上最後一面。現在見到了，或許就夠了。他保證會離開，他說結束了，或許真的是。

可是他的承諾沒有意義。我想到溫迪哥。溫迪哥殺人永遠殺不夠，會一直尋找新的受害者。每吃掉一個人，就會變大，所以永遠吃不飽。不殺他，整個村子都會毀掉。

我扣住扳機。

爸爸大笑。「妳不會對我開槍的，邦吉─阿嘎娃特雅。」他笑著朝我走一步。

邦吉─阿嘎娃特雅，小影子，這提醒了我，我總是跟在他後面跑來跑去，就像他的影子，屬於他。沒有他，我就不存在。

他轉身走開，伸手將第二把葛拉克手槍掏出來，改放到前褲袋。他越走越有自信，彷彿真的相信我會放他走。

我吹兩聲短音，藍波提高警覺抬頭看我，準備聽我命令。

我拍拍手。

藍波衝向我爸，我爸轉身掏出手槍，射出子彈。子彈亂飛，藍波跳起來咬住我爸手腕，手槍掉了。

我爸出拳打藍波，藍波鬆了口。我爸又打牠，然後向我衝來。我穩穩站著，直到最後一秒，我爸衝到面前，我才舉手過頭，然後放下來環住他的腰，困住他雙臂，和他一起倒到地上。我將手槍朝著自己抵住他的背，想找出一個子彈會射到他卻不會射到我的角度。

突然，他放鬆身體，彷彿知道一切已經結束，現在只有一個辦法能夠了斷。

他在我耳邊輕輕說：「*Manajiwin*。」

尊重。這是我這輩子第二次聽到這句話。平靜的感覺湧上心頭，我再也不是爸爸的影子，我是他的對手，我自由了。

庫斯托說：「妳必須這麼做。」

卡呂普索說：「沒事的，我們懂。」

我點點頭。殺死我爸是正確的事，也是我唯一能做的。我必須為家人，為我媽殺他，因為我是沼澤王的女兒。

我輕聲說：「我也愛你。」然後扣下扳機。

28

殺死我爸的那顆子彈，也射中我原本就受傷的肩膀。兩害相權，射中這邊肩膀總比另一邊好。如果雙肩都受傷，那這幾個月我會過得更慘。無論如何，復原的過程都很痛苦，手術、復健、更多手術、更多復建。顯然肩膀不是挨槍的好選擇。醫生說，我的左臂總有一天會復原，能夠正常運作。但這段時間裡，史蒂芬和兩個孩子已經習慣單手擁抱。

如今我們圍成一圈，坐在我媽墓前。這是個美好的春日，陽光普照，雲朵飄呀飄的，鳥兒歌唱。一盆沼澤金盞花加藍旗鳶尾花放在樸實無華的墓碑上，那是頭的位置。兩個以她最愛的花為名的外孫女坐在她腳邊[14]。

帶花是我的主意，來這裡是史蒂芬提議的。他說該是讓孩子知道外婆故事的時候了，坐在她墓邊講這些故事最好。我不知道這樣好不好，可是我們的婚姻諮商師說，雙方都要願意妥協，才能讓婚姻好好維持下去。所以我們就來了。

史蒂芬從墳墓那頭伸手過來握住我的手。「準備好了？」

我點點頭，可是不知道該從哪裡說起。我回想小時候媽媽是什麼樣子，她為我做了那麼多，當時的我卻不懂得感激。她努力給我一個特別的五歲生日，在我從井裡出來以後溫暖我。這孩子根本就是抓走她那個人的翻版，甚至讓她感到害怕，養育我對她來說真的是太難了。

我可以跟女兒講的是，我第一次獵鹿的那一天，還有跟爸爸去看瀑布，還有見到狼的事，但那些故事裡我都跟爸爸在一起，跟媽媽沒有關係。我看著兩個女兒天真期待的臉，突然領悟，我小時候的那些事全都有黑暗面，要怎麼講給她們聽呢？

史蒂芬點頭鼓勵我。

我開口說：「我五歲生日那天，媽媽做了一個蛋糕。她在儲藏室的一堆罐頭和麵粉袋中找到一盒蛋糕預拌粉，巧克力口味的，還有彩虹糖。」

艾莉絲說：「我的最愛。」

瑪莉跟著說：「綴—愛。」

我講鴨蛋的事給她們聽，還有熊脂，還有媽媽做來送我的娃娃。故事就在這裡結束。我沒告訴她們我對娃娃做了什麼，沒說我對她那份特別的禮物冷酷無情，深深傷了她的心。

庫斯托說：「其他的事也說一說。刀子的事，還有兔子。」他們兄妹倆靜靜坐在我女兒後面，我爸死後，他們越來越常出現。

我搖頭微笑，因為我想起那天是爸爸第一次對我說「*manajiwan*」的日子。尊重。

14　瑪莉是Marigold，金盞花；艾莉絲是Iris，鳶尾花。

艾莉絲回我一個笑容。她以為我在對她笑。

「繼續說。」她們兩個還想聽。

我搖搖頭站起來。總有一天我會把所有童年故事都說給女兒聽，但不是今天。

我們收好東西，往車子走。瑪莉和艾莉絲帶頭衝，史蒂芬在後面追，我爸逃獄事件後，史蒂芬就不敢再讓孩子離開視線。

我慢慢走，庫斯托和卡呂普索陪在我身邊，卡呂普索拉我的手。

「如今赫爾嘉明白了一切，」她聲音輕柔得像香蒲輕拂我耳朵，「她穿越聲音與思緒之海，在言語難以形容的光輝與歌聲圍繞下升天了，太陽照射出所有的榮光，青蛙消失，美麗的少女昂然挺立。青蛙的形體化為塵土，赫爾嘉也不見了，只剩一朵枯萎的蓮花。」

那是我媽童話的結局。這故事在關鍵時刻讓我知道該怎麼做，最後救了我們兩個。我或許是因為爸爸才存在，卻是因為有媽媽才活了下來。

我想起爸爸。驗屍官問我想怎麼處理他屍體的時候，我第一個念頭是他會想怎樣。接著又想，他這輩子一直是愛怎樣就怎樣，這一次我不如忤逆一下。我後來選了最實際最便宜的做法，就這樣了。有人崇拜我爸，在他死後不久架了個粉絲網站。我能想像那些「沼粉」若是知道我爸葬在哪裡，會怎麼做。我多次想要關掉那個網站，可是聯邦調查局說我爸的粉絲若不違法，他們就拿這些粉絲沒轍。

史蒂芬把孩子抓好了，等我一起上車。

「謝謝妳做這件事。」他牽我手。「我知道這很不容易。」

「沒事的。」我騙人。

婚姻諮商師說，良好的婚姻要建立在誠實和信任上。這一點我還在努力。

我們爬到一座小山山頂。山下有輛車停在我們的車正前方。一輛新聞轉播車緊接在後，記者和攝影師站在一旁。

史蒂芬看我一眼，嘆了口氣。我聳聳肩。沼澤王的女兒殺了她爸的消息傳出以後，媒體就追個不停。我們沒接受任何訪問，還教女兒不要跟拿麥克風的人說話。但我們阻止不了人家拍照。

我們下山時，記者從口袋掏出一支筆，向我走來。我搖頭不理。她不知道我已經把小時候所有的事情寫下來了，那本記事本藏在我和史蒂芬床底下。我稱我的故事為「小屋」，在首頁將這本書獻給兩個女兒，像真的書一樣。有一天我會拿給她們看，她們應該要知道自己的歷史，知道她們是從哪裡來的，她們是誰。總有一天，我也會讓史蒂芬看。

我可以拿這本書去賣錢，賣很多錢。《時人》雜誌、《國家詢問報》和《紐約時報》都多次開價要買我的故事。大家都說我爸媽死後只剩我知道發生過什麼事，我有義務為爸媽發聲。

但我不賣。因為這不是他們的故事，是我們的。

致謝

小說家有個想法，想法發展成故事，最後，故事變成一本書——感謝以下這些有創意、有天分、有極其高明的見解，而且工作非常努力的人：

Ivan Held和Sally Kim，我在Putnam的發行人和編輯主任，是你們促成了這件事，謝謝，深深感謝，真心感謝。

Mark Tavani，我的編輯。我好愛跟你合作，你眼光銳利、見解高明，超乎我預期。

Putnam團隊：Alexis Welby、Ashley McClay、Helen Richard、印製夥伴、美術夥伴，以及所有參與銷售與宣傳的夥伴，謝謝你們做出了這麼美麗的一本書。

Jeff Kleinman，我了不起的經紀人，過去這十七年對我和我的事業意義太過重大，言語難以形容，是你造就了我，讓我成為今天這樣的作家。

Molly Jaffa，我天縱英明且孜孜不倦的海外版權經紀人。

Kelly Mustian、Sandra Kring和Todd Allen，你們是我最初的讀者，我寫得好你們就拍手，寫得不好你們就掩鼻，若沒有你們，我可寫不完這本書。

David Morrell，你清明的眼和慷慨的心改變了一切。

Christopher and Shar Graham、Katie and John Masters、Lynette Ecklund、Steve Lehto、Kelly and Robert Meister、Linda and Gary Ciochetto、Kathleen Bostick and Leith Gallaher（斯人已逝，但長在我心）、Dan Johnson、Rebecca Cantrell、Elizabeth Letts、Jon Clinch、Sachin Waikar、Tina Wald、Tim and Adele Woskobojnik and Christy、Darcy Chan、Keith Cronin、Jessica Keener、Renee Rosenz-、Julie Kramer、Carla Buckley、Mark Bastable、Tasha Alexander、Lauren Baratz-Logsted、Rachel Elizabeth Cole、Lynn Sinclair、Danielle Younge-Ullman、Dorothy McIntosh、Helen Dowdell、Melanie Benjamin、Sara Gruen、Harry Hunsicker、J. H. Bográn、Maggie Dana、Rebbeca Drake、Mary Kennedy、Bryan Smith、Joe Moore、Susan Henderson，還有許許多多很棒的朋友，族繁不及備載，謝謝你們的支持與鼓勵，很榮幸認識你們。

我的家人，謝謝你們愛我、支持我，尤其是我先生Roger，我要給你一個衷心的大大的「感謝」，你堅信我有能力寫出這本書，堅信不移，這對我的意義，言語無法形容。

藍小說 290

沼澤王的女兒

作　者—凱倫．狄昂尼
譯　者—王欣欣
編　輯—張瑋庭
企劃經理—何靜婷
封面設計—莊謹銘
內頁排版—極翔企業有限公司
副總編輯—嘉世強
董 事 長—趙政岷
出 版 者—時報文化出版企業股份有限公司
10803臺北市和平西路三段二四〇號三樓
發行專線—（〇二）二三〇六—六八四二
讀者服務專線—〇八〇〇—二三一—七〇五
（〇二）二三〇四—七一〇三
讀者服務傳真—（〇二）二三〇四—六八五八
郵撥—一九三四四七二四時報文化出版公司
信箱—臺北郵政七九～九九信箱
時報悅讀網—http://www.readingtimes.com.tw
電子郵件信箱—liter@readingtimes.com.tw
法律顧問—理律法律事務所　陳長文律師、李念祖律師
印　刷—勁達印刷有限公司
初版一刷—二〇一九年九月二十日
定　價—新臺幣三二〇元
（缺頁或破損的書，請寄回更換）

時報文化出版公司成立於一九七五年，並於一九九九年股票上櫃公開發行，於二〇〇八年脫離中時集團非屬旺中，以「尊重智慧與創意的文化事業」為信念。

沼澤王的女兒 / 凱倫．狄昂尼（Karen Dionne）著；王欣欣譯. -- 初版. -- 臺北市：時報文化, 2019.09
面；　公分. --（藍小說；290）
譯自：The Marsh King's Daughter
ISBN 978-957-13-7949-4（平裝）

874.57　　108014526

ISBN 978-957-13-7949-4
Printed in Taiwan